原點

每天追一齣 大唐詩人穿越劇

周公子 著

看大唐詩人
彎彎繞繞的人生劇場
細讀人人都是
男主角的才華較勁。

序

頌其詩，讀其書，不知其人，可乎？

某個仲夏之夜，一位素喜詩詞的文青女，又於書桌前打開了閒暇必備的《唐詩三百首》。翻閱良久後，忽有個縹緲曠遠的聲音，自其身後傳來：

「呵呵，詩不可只如此讀。」

文青女聞聲回望，眨眼間，卻覺清風拂面，水聲陣陣；緊接著，映入眼簾的是碧色如藍的江水和延綿兩岸的青山峭壁……大驚之下，文青女身形踉蹌、慌亂四顧，發現自己竟已立在一艘順江而下、疾行如飛的輕舟之上！未待她辨明眼前景象是真是幻，忽聽一個豪邁不羈、瀟灑絕倫的聲音朗朗而誦：

朝辭白帝彩雲間，千里江陵一日還。
兩岸猿聲啼不住，輕舟已過萬重山。

循聲望去，見船頭立著一個白袍飄飄、鬢髮已蒼的男子，約莫六十歲年紀，卻身形挺拔、腰佩寶劍，單從背影上，即盡顯氣宇軒昂之姿。

難不成……這……這是李白?!

頃刻間，驚駭之意被狂喜之情取代。文青女正待箭步上前，一睹詩仙尊容，卻不想，小舟上的船夫開口了：

「謫仙人，您這次可真是大難不死，必有後福啊！」

「說起來，您那牢坐得是真冤，流放路上也吃了不少苦吧？還好老天有眼，還沒到流放地，就叫您等到了天下大赦。人逢喜事精神爽，您方才這詩呀，吟得可真叫一個快意！」

白袍男子聞之，朗聲大笑：

「哈哈，都過去了！接下來，我還要去參軍報國，掃除叛賊！東山高臥時起來，欲濟蒼生未應晚！」

文青女聽到此處，內心驚詫萬分：

什麼？千秋萬載、只此一位的堂堂詩仙，居然曾蒙冤入獄？還慘遭流放？

一直以為《早發白帝城》是李白年輕時的遊山玩水之作，現在看來，竟是花甲之年坐牢流放，喜獲大赦後的自由宣言？

那詩仙是因何而遭牢獄之災？眼下又要去參什麼軍？平什麼叛？

帶著滿腹疑團，文青女正欲抬步上前，拉住李白問個究竟。忽而船身一陣顛簸，文青女驚恐閉目，隨後便覺耳邊風聲獵獵，一陣馬蹄聲由遠及近，疾速而來。

「江上怎會有馬蹄之音?!」

文青女難以置信地睜開雙眼，卻發現自己已身處山林，跌坐於一叢灌木之後。還沒等她起身，只聽嗖的一聲，一支利箭劃破長空。緊接著，一隻體型碩健的蒼鷹並著箭矢，砰一聲落在灌木叢前。

片刻間，一騎快馬呼嘯而來。

馬上之人，三十歲左右，濃眉闊耳，英姿勃勃，馬蹄掠過灌木叢時，其從馬背上探腰伸臂，一把將蒼鷹提起，歡呼道：

「太白兄，達夫兄，快來看，我射中啦！」

旋即，又有二人縱馬而至，年紀均略長於前者，其中一人高鼻深目，髯鬚微鬈，笑回道：

「不錯啊子美，騎射之技，大有長進！」

這人答道：

「哈哈，太白兄過譽了，比起你的『閒騎駿馬獵，一射兩虎穿。迴旋若流光，轉背落雙鳶』，可還差得遠呢！」

語罷，三人縱聲大笑，馳騁而去。

只剩下文青女風中凌亂：

「子美，子美……那不就是詩聖杜甫?!」

我沒看錯吧?教科書上憂國憂民、滿目悲憫的杜大叔，年輕時，竟如此瀟灑，如此拉風?他跟李白、高適，還是組團打獵的好哥們?!

正在文青女心中一團亂麻之際，縹緲曠遠的聲音再度響起：

「頌其詩，讀其書，不知其人，可乎?是以論其世也，是尚友也。」

文青女聽罷，像是回應，又像是喃喃自語：

「這話的意思是，吟誦古人的詩歌，研究古人的著作，卻不知古人的生平事蹟，那怎麼行?所以，要去了解古人的生活和時代，穿越時空，和古人交朋友……」

話及此處，文青女的眼睛猛然一亮：

「咦?這不是《孟子．萬章章句下》中的話嗎，莫非……您是……亞聖孟子?!」

文青女掙扎起身，輾轉四顧，雖未見其人，卻依然忍不住欣喜高呼：

「我懂啦!多謝聖賢指點!」

一急之下，文青女猝然驚醒，書桌上的檯燈，照得她有些睜不開眼。呵，原來是南柯一夢。

此後，文青女收起了鍾愛多年的《唐詩三百首》，開始從圖書館和購書網站搬回一疊又一疊的詩人傳記，廢寢忘食，沉迷其間。

自此，詩人們對她來說，再也不是一尊尊高不可攀、面目模糊的詩壇神像，而是一群有血有肉、真實可親的摯友——

提起李白，她腦子裡不再僅僅閃現「偉大的浪漫主義詩人」，而是打打殺殺的江湖俠客、求神問道的修仙者、足跡遍布壯麗河山的旅遊達人，是終生思鄉的浪子，是掛念子女時肝腸寸斷的父親，更是生命不止、理想不滅的終極追夢人……

說到杜甫，她也不再只嘆一句「憂國憂民」，而是知道，心懷蒼生的杜大叔曾是血統高貴、門第顯赫的高富帥，是無憂無慮、瀟灑遨遊的盛唐男青年，是終生仰慕詩仙李白的真愛粉，是安史之亂中隻身奔襲、志在報國的孤膽英雄……

論及王維，她的印象亦不再只是風輕雲淡的詩佛，而是父親早逝、獨撐門庭的王家長子，是玉樹臨風、連皇家公主都為之傾倒的白璧少年，是盛唐人人追捧的詩、畫、樂三棲巨星，是徜徉山水、療癒痛楚的傷心人……

在她眼中，詩人也不再是一個個懸浮於歷史的文化符號，而是紛紛落在了時代的縫隙中，與三百年大唐興亡史縱橫交錯——

武則天稱帝致駱賓王去向成謎，安史之亂使李白、杜甫、王維個個遭殃，永貞革新讓劉禹錫、柳宗元的後半生深陷泥潭，牛李黨爭與李商隱的婚姻、杜牧的仕途有著千絲萬縷的聯繫……如此深入詩人的生活與時代中，那些千古名篇的創作背景、詩人當時的所思所想，亦隨之自然解鎖：

《將進酒》不只是李白與老友間的酣暢豪飲，更是詩仙在理想無處伸展的極致痛苦下噴薄出的借酒消愁之作；《馬說》看似是韓愈為千里馬一鳴世無伯樂之苦，實則抒發的是其自身長安困頓十載、窮愁潦倒的懷才不遇之憤；《長恨歌》表面是寫李楊愛情，本質乃是白居易自身悲情苦戀的真實寫照……

除此之外，詩人們的人格精神，更為她的心靈注入無窮的力量和慰藉——孟浩然的恬淡沖逸，李白的豪放自信，杜甫的愛國憂民，韓愈的永不言棄，白居易的樂天知命，李商隱的深情蘊藉……

她就這樣流連於詩人們的各色人生中，跟著李白仗劍走天涯，同涉千山萬水；陪著杜甫顛沛流離，共嘆民生多艱；伴著李商隱在巴山秋雨中寫下心中思念，一起長夜淚流……

每讀一個詩人，文青女便覺得多過了一種人生，多懂了一段歷史，多體驗了幾番現實中無法抵達的人生之境，對孟子的話，感受亦愈來愈深刻：

是啊，思想源於生活，讀詩的最高境界是讀人。

詩詞千年來魅力不減，正是源於文字背後這些各具性情的靈魂表達。世界如此之大，而我們個人的觸點卻如此之小。詩人的遭遇我們無法一一親歷，但他們的心情我們體會了，理解了，和他們共歷悲歡浮沉，跟著他們跌宕起伏的一生一起哭一起笑，一起見證那一首首流傳千古的錦繡篇章是在何種境遇下譜就，便可跨越古今，實現心靈的交流與人生況味的疊加。

我們與那一顆顆璀璨千古的文化之星，雖相隔千年卻深感心意相通，於生生不息的古今共鳴中，使自我的生命和情感得到無限之延展。

在故事中讀懂唐詩，在唐詩中觸碰心靈，在心靈中映照歷史——這把能開啟唐詩新世界的金鑰匙，文青女迫切想要傳遞給更多人；那些鮮活、真實、可愛的詩人朋友，她熱烈地想讓更多人走近他們，了解他們，愛上他們。

於是，便有了這本書。

是為序。

目錄 Contents

第二季　大唐詩人——說不出口的心中人

Contents
目錄

第一季

第一集

孟浩然

一手好牌打稀爛，我來示範給你看

1.

唐，開元年間，帝都長安。

一陣急促的秋雨過後，夜空澄澈，新月初升。

祕書省大廳內，燈火通明，一場即景賦詩的聯句賽詩會，即將開始。

來者都是雅擅文墨的朝廷官員，放眼望去，不乏諸多已是詩壇赫赫有名之輩。

比如，十九歲便憑「紅豆生南國，春來發幾枝」打動玉真公主、一舉登科的太樂丞王維。

神句「海上生明月，天涯共此時」的作者、致力掃除六朝綺靡詩風的中書舍人張九齡。

「巴陵一望洞庭秋，日見孤峰水上浮」的老前輩、制舉策論曾為天下第一的中書令張說；還有憑藉「秦時明月漢時關，萬里長征人未還」爭奪邊塞一哥的校書郎王昌齡……

嘖嘖，個個都是超級大猛人。

其他到場的，還有尚書侍郎裴胐、吏部員外郎盧僎、校書郎劉昚虛等，一看這陣仗，幾個人立馬都是臉上笑嘻嘻，心裡罵咧咧：

「呵呵呵，又是一個陪練的夜晚……」

很快，條桌接龍，長卷鋪就，好戲開場。

吏部員外郎盧僎第一個拽步出席，拱手行禮：

「鄙人斗膽開場，文辭淺陋，還望諸位不吝賜教。」

語罷，行至案前，提筆落墨：「雨露將天澤，文章播國風。」

呵呵，配角的職責不就是衝在前面當炮灰嘛，我盧某人懂。

接下來是校書郎劉昚虛：「應以修往業，亦惟立此身。」

呵呵，我是二號炮灰，大佬們開心就好。

緊接著，三號、四號……N號炮灰們依次出場，大家這才發現，所謂「文辭淺陋」，對他們而言，真的不是謙辭。

終於，王昌齡一聲暗笑，起身出席：

「郭外秋聲急，城邊月色殘。」

炮灰們一陣騷動：「嘖嘖，不愧是邊塞猛男，雄渾，悲慨！」

緊接著，老前輩張說出場了：

「白首看黃葉，徂顏復幾何。」

炮灰們又是爭相點讚：「要不說是前輩呢，借景抒情，高啊！」

張說題完，卻不著急落座，而是轉身望向與自己座次相鄰的男子，微微點頭，示意他登場一試。

大家這才發現，該男子似非官場同僚，十分面生。

與張說四目相對後，此人緩步出席，一襲白衫，身材頎長。

眾人觀之，心中俱是一震：

「好個骨貌淑清，風神散朗之人！不知是何方雅士……」

出人意料的是，此人並未走向案前長卷，而是逕入庭院，駐足於一棵碩大的梧桐樹下。

此時，天邊綴著幾縷薄雲，殘留在樹梢的雨水不斷匯聚、下墜、滴落，斷續敲打在梧桐葉上，啪嗒……啪嗒……

片刻，男子淡然一笑，語音清曠：

「微雲淡河漢，疏雨滴梧桐。」

一聯既出，舉座震驚。

良久，張九齡率先擲筆：

「我大唐擅詩賦者眾，然未見清幽沖淡至如此者，九齡甘拜下風！」

說完，望向王維。

王維凝眉良久，長嘆一聲：

「清絕至此，維亦不復為繼也！」

語罷，起身奔向庭院，緊緊握起男子雙手：

「敢問兄台高姓大名？幸然得識，相見恨晚也！」

男子後退一步，抽身還禮：

「承蒙閣下謬愛，在下襄陽布衣，孟浩然。」

2.

當晚，該事件就洗版式地登上了大唐各大平台的頭版頭條：

「布衣才子孟浩然祕書省一鳴驚人，引領清幽雅淡新詩風。」

「襄陽布衣祕書省力壓群英，陶謝之後，山水田園派再現傳人？」

「張說力捧，張九齡王維爭相結交，原來才華才是人生最好的通行證。」

三十六歲，以布衣入京的孟浩然，就這樣一炮而紅，名動帝都。

在無數的讚揚聲中，孟浩然的目光越過邈遠的夜空，好像又看到了家鄉的山山水水……是的，他清醒地知道，自己之所以能創造這樣的高光時刻，不是幸運，更非偶然——一切，源自故鄉山水的饋贈。

有句話叫作：條條大路通羅馬，而有的人生來就在羅馬。這話如果換到孟浩然身上，那就是：

「每個人都嚮往詩和遠方，而哥生來就徜徉其中。」

不信，來看孟浩然從小的生活環境——

—〈澗南園即事貽皎上人〉—

弊廬在郭外，素業唯田園。
左右林野曠，不聞城市喧。
釣竿垂北澗，樵唱入南軒。
書取幽棲事，將尋靜者論。

孟浩然祖居襄陽城南，有田有房，耕讀傳家。祖上留下的莊園名為澗南園（嗯，一聽占地面積就不小）。從詩中可知，澗南園東西林野開闊，遠離鬧市喧囂，且北臨溪澗，南傍山林，孟浩然閒來就在此泛舟垂釣、竹林逸歌，好不悠哉。園中有孟浩然的起居之處，軒窗之外，樹木蔥蘢，偶有片葉在夕陽的柔光下悠然飄落；傍晚來臨，倦鳥歸巢，無數流螢拖著亮亮的尾巴飛繞在水軒之上……

向夕開簾坐，庭陰葉落微。
鳥從煙樹宿，螢傍水軒飛。

前院則是花草翠竹、曲徑通幽，書讀累了，孟浩然就信步閒庭，看翠羽鳥與蘭花嬉戲，觀紅鯉魚繞荷柄悠游：

狹徑花將盡，閒庭竹掃淨。
翠羽戲蘭苕，赬鱗動荷柄。

到了仲夏之夜，則開軒納涼，賞池月東升，聽竹露清響，嗅荷風香氣……興之所至，或許還會撫琴一曲，感懷一下多日不見的老朋友：

—夏日南亭懷辛大—
山光忽西落，池月漸東上。
散髮乘夕涼，開軒臥閒敞。
荷風送香氣，竹露滴清響。
欲取鳴琴彈，恨無知音賞。
感此懷故人，中宵勞夢想。

看到這些，你以為孟浩然的詩意生活僅限於此了嗎？
錯！
除了世外桃源般的澗南園，整個明山秀水的襄陽城，都浸潤在孟浩然的詩意版圖之中！

3.

比如，秋高氣爽時登個山、望個遠，順便再寫首詩寄給隱居的老朋友，喊他重陽節出來一起玩耍：

——**秋登萬山寄張五**——

北山白雲裡，隱者自怡悅。
相望試登高，心隨雁飛滅。
愁因薄暮起，興是清秋發。
時見歸村人，平沙渡頭歇。
天邊樹若薺，江畔舟如月。
何當載酒來，共醉重陽節。

咦？山下還有潭？

那也不能放過。

磐石上釣會兒魚，再溜達兩圈找找曹植《洛神賦》裡神女解下的玉佩；待到夜月東升，清輝滿舟，則棹歌而還，何其逍遙。

——萬山潭作——

垂釣坐磐石，水清心亦閒。
魚行潭樹下，猿掛島藤間。
遊女昔解佩，傳聞於此山。
求之不可得，沿月棹歌還。

襄陽坐落在漢水之濱，對孟浩然來說，美麗的漢水風光又怎能不親往睹之？春日冰雪消融，江水碧藍千里，鳥語花香中，歌妓小姊姊們的花鈿金釵蕩漾在搖動的波影之上，怎一個春光無限了得。

——初春漢中漾舟——

羊公峴山下，神女漢皋曲。
雪罷冰復開，春潭千丈綠。
輕舟恣來往，探玩無厭足。
波影搖妓釵，沙光逐人目。
傾杯魚鳥醉，聯句鶯花續。
良會難再逢，日入須秉燭。

令人服氣的是，日子都詩意到這種程度了，孟浩然硬是還能再升級——二十歲出頭，因仰慕東漢名士龐德公，他隱居到了風光秀麗的鹿門山。

4.

至於龐德公是何許人，說一點就夠了。

他評價諸葛亮為「臥龍」，龐統為「鳳雛」，令二人名揚天下。

此人有大才，又久負盛名，荊州刺史劉表曾數次請其出山進府，他都堅辭不受，最後隱於鹿門山，採藥而終，極具傳奇色彩。

為追慕先賢高風而隱居鹿門山後，孟浩然的日常生活是這樣的：

——**夜歸鹿門山歌**——

山寺鐘鳴晝已昏，漁梁渡頭爭渡喧。
人隨沙岸向江村，余亦乘舟歸鹿門。
鹿門月照開煙樹，忽到龐公棲隱處。
岩扉松徑長寂寥，惟有幽人自來去。

你看，黃昏來臨，江邊渡頭喧囂，村民各自上岸還家，唯孟浩然超塵出世，獨自歸往鹿門山。

夜色來臨，山間本是雲煙暮靄，山月一出，則又清光朗照。

孟浩然信步拾階，蜿蜒輾轉。

不知不覺就到了龐公昔時隱居之處。山岩之內，柴扉半掩，松徑之下，詩人懷古思今，獨自徘徊……

嘖嘖，好一幅隱者清幽圖。

到了春日清晨，詩意繼續流淌：

—**春曉**—

春眠不覺曉，處處聞啼鳥。
夜來風雨聲，花落知多少。

在百鳥啼鳴中，孟浩然一覺睡到自然醒，打個呵欠，伸個懶腰，想到昨夜的風雨之聲，再推開窗戶，數數落花……

什麼？你說這樣的日子太寂寞？

不怕，隔三岔五，孟同學也會出山會友：

——過故人莊——

故人具雞黍，邀我至田家。
綠樹村邊合，青山郭外斜。
開軒面場圃，把酒話桑麻。
待到重陽日，還來就菊花。

或是呼朋引伴，探尋古蹟名勝：

——與諸子登峴山——

人事有代謝，往來成古今。
江山留勝跡，我輩復登臨。
水落魚梁淺，天寒夢澤深。
羊公碑尚在，讀罷淚沾襟。

嘖嘖，感覺沒法再寫下去了。

想想我們這些苦悶的現代人，為了房子、車子、票子（編按：紙幣），辛苦奔波，已經多久沒有抬頭看一朵雲、低頭嗅一朵花、拿筆寫一段心情，對比孟浩然這神仙般的日子，感傷的淚水再難抑制：

哎，什麼叫生活，人家孟浩然那日子才叫生活啊！我們充其量……只能算活著。

不過，先別急著擦乾眼淚，更扎心的還在後面，因為：人家孟浩然不僅過得比我們爽，才華還比我們高呢！

5.

就拿上面三首詩來說吧。

第一首《春曉》。

兒童啟蒙詩歌榜必選篇目，一千多年來，除了李白的《靜夜思》和駱賓王的《鵝》，論傳唱度，無詩能出其右。然而，對於這首朗朗上口、清新簡短的小詩，很多人的第一反應往往是：這也叫詩？老子都能寫！

呵呵，算了吧你，別吹牛了！

在這首詩裡，你能找到任何具體的場景描摹嗎？

有什麼正兒八經的事件講述嗎？

都沒有。

詩人只是選取了清晨醒來鳥鳴入耳，而後惋惜雨打花落的一剎那的心理活動，將之細節化、典型化，僅以二十個字，就賦予它無限情意。

全篇無一字寫惜春，卻因花落春去，使你不得不惜，成為流傳千古的佳作。

你說厲不厲害？

如果還不服，咱們再看第二首《過故人莊》。

乍一讀，又覺得平平無奇對不對？

可再一細品，卻發現寥寥幾筆，有景物、有情節、有對話，一切歷歷如畫，彷彿一組電影鏡頭徐徐鋪展。

而且在這首詩裡，孟浩然又一次完美展示了什麼叫作「意在言外」——通篇老孟有交代自己和故人的交情如何嗎？

沒有。

然而，通過開篇的一邀即至，中間的開軒把酒，最後的重陽再約（還是老孟主動提的），賓主間的深厚情誼已不言而自現。

你說這手法高不高？

再看第三首《與諸子登峴山》。

如果說前兩首的平淡疏朗、不飾刻畫是孟浩然的拿手好戲，那麼這首則讓我們見識到其詩歌風格的多樣性。

哇，原來山水田園派的孟同學，也有氣勢雄渾的一面呀！

來，一起感受一下這首詩的壯逸之美。先看開篇兩句。

「人事有代謝，往來成古今」——起筆何等高亢！僅以十個字，就寫透了宇宙無限、歷史更迭的滄桑之感，慨然懷古之情，橫空而出。

再看三、四句。

「江山留勝跡，我輩復登臨」——角度猛然收縮，將自己一次普通的登山，置身於時空更迭的大背景下，使其成為天地運轉、人事代謝的一部分。此何等之自信，何等之氣勢！可謂非盛唐之人不能語也！

整首詩的藝術表現力，如同電影鏡頭中的兩極調度，大開大闔，自遠至近，氣象異常豪邁。

6.

怎麼樣，看到這，對孟浩然的才情，大家總該心服口服了吧？

不然，難道你比李白還大牌?!

對，你沒看錯。

此時此刻，有個叫李白的粉絲正揚著手中的詩稿，向孟浩然瘋狂比愛心。

——**贈孟浩然**——

吾愛孟夫子，風流天下聞。
紅顏棄軒冕，白首臥松雲。
醉月頻中聖，迷花不事君。
高山安可仰，徒此揖清芬。

嘖嘖，開篇就直呼「吾愛孟夫子」，這肉麻程度，連迷弟杜甫寫給他的「三夜頻夢君，情親見君意」都要甘拜下風。

結尾就更厲害了：

我對孟夫子真是高山仰止，我怎麼可能達到他的高度呢？只能默默仰慕他淡泊名利的芬芳人格，感受他風雅瀟灑的隱者風範⋯⋯

媽呀，看到這，你是不是想立馬彈起來，給李大哥打一波穿越電話：

喂！李大哥，這真是你寫的嗎?!你要是被綁架了你就眨眨眼！

也不能怪我們一時接受不了。畢竟，就算是對九五之尊的玄宗大大，我們李大哥，也沒吹出過這樣的彩虹屁呀！

可以說，放眼整個唐代詩壇，你都找不出比這更熱烈、更直白的粉絲向偶像致敬的告白詩了！

至於有李大哥這樣一個粉絲，是多麼長臉的事兒，咱們光是用想的就知道了。

「詩聖」杜大叔，夠有才吧，不好意思，在李大哥面前，只是個粉絲小老弟。「詩佛」王維，夠優秀吧，詩、文、書、畫、樂，樣樣登峰造極，關鍵是小夥子還長得帥到爆，簡直三六〇度無死角（啊啊啊，我的少女心啊）。結果呢，李大哥從來不甩人家，自始至終零交集。（王維：好無奈喔，完美到沒朋友呢。）

也就「七絕聖手」王昌齡，賺了李大哥一句：「我寄愁心與明月，隨風直到夜郎西。」很感人，但也不過是惺惺相惜的哥們之情、平交之誼。

以上也不足為奇，畢竟，我們李大哥可是連孔子都看不上眼的王者人物——我本楚狂人，鳳歌笑孔丘……

（孔夫子：你這麼有本事，怎麼沒有上天呢？）

結果，就是這樣一個眼高於頂、酷炫狂拽的李太白，對孟浩然卻崇拜喜愛到了如此地步：

—**黃鶴樓送孟浩然之廣陵**—

故人西辭黃鶴樓，煙花三月下揚州。
孤帆遠影碧空盡，唯見長江天際流。

你看，跟偶像別離，船都遠到沒入天際、遙不可辨了，李大哥依然深情凝望，不捨離去……

然而，反常的是，對這樣一個超重量級粉絲，孟浩然筆下卻沒有任何贈詩流傳下來。要知道，杜甫雖一再被大家嘲笑倒貼李白，但好歹李大哥也回過他幾首詩呀！

（杜甫：天道好輪迴，蒼天饒過誰……）

我猜，孟浩然當時的內心獨白大概是這樣的：

你個川娃子，哥的理想哪裡是什麼「醉月頻中聖，迷花不事君」，而是「壯志吞鴻鵠，遙心伴鶺鴒」好吧！

7.

是的，雖然孟浩然的前半生看起來都是在悠遊山水，但那只是表面現象。背地裡，其實人家用功著呢：

- 苦學三十載，閉門江漢陰。
- 晝夜常自強，詞翰頗亦工。
- 少年弄文墨，屬意在章句。

而孟浩然之所以如此苦學，是因為和其他盛唐詩人一樣，他也有著積極的用世之心。

這從其自述家世的篇章中，便可窺得一二：

維先自鄒魯，家世重儒風。
詩禮襲遺訓，趨庭沾末躬。

看到沒，孟浩然同學說自己是亞聖孟子之後，而且「家世重儒風」。

儒家學說的宗旨是什麼？修身、齊家、治國、平天下嘛。

嗯，已經用了半生時間「修身齊家」，是時候踏上「治國平天下」的征程了。

開元四年（七一六年），孟浩然向時任岳州刺史且一向喜歡提攜後輩的前宰相張說投詩自薦，一不小心又揮灑出一首歷代傳頌的千古大作：

——**望洞庭湖贈張丞相**——

八月湖水平，涵虛混太清。
氣蒸雲夢澤，波撼岳陽城。
欲濟無舟楫，端居恥聖明。
坐觀垂釣者，徒有羨魚情。

此詩前兩聯氣勢磅礴，歷來膾炙人口。

一個「平」字點出了八百里洞庭湖的遼闊，一個「混」字又繪出了水天一色的浩邈；與三百年後范仲淹筆下的「銜遠山，吞長江，浩浩湯湯，橫無際涯」可謂異曲同工。

三、四句的「蒸」「撼」兩字則如潑墨山水般的大筆渲繪，響亮地描繪出洞庭湖波濤翻滾、震天動地的壯浪之氣，雄渾天成，氣概橫絕。也無怪後人對此聯讚嘆不已：

「洞庭天下壯觀。騷人墨客，題者眾矣。終未若『氣蒸雲夢澤，波撼岳陽城』氣象雄張，曠然如在目前。」

「孟詩本自清澹，獨此聯氣勝，與少陵敵，胸中幾不可測。」

「與少陵敵」意指可與杜甫《岳陽樓》中寫洞庭湖的名句「吳楚東南坼，乾坤日夜浮」一聯相匹敵。

嘖嘖，一篇投履歷找工作的干謁[1]之作，竟寫出了如此高度，你說張說心不心動？

於是，待其調歸朝廷後，當即就邀孟浩然入京，打算擇機向玄宗推薦。

而孟浩然也不負張說厚望，一入長安，就如本章開篇所述，於祕書省聯詩會上大展文辭，名噪帝都。

那麼，孟夫子真的就此扶搖直上入九天了嗎？

答案是，不能夠——前半輩子過得比神仙還爽，又有李白那麼逆天的粉絲，再讓你輕輕鬆鬆當上官，還有天理嗎？還讓別人活嗎?!

就這樣，前方的坑，命運已經悄然為他挖好——孟浩然卻還渾然不覺。

8.

自祕書省相見恨晚後，孟浩然與王維感情迅速升溫，幾乎日日都在一起研討詩歌，暢談人生。

有一天，可能是不好蹺班，王維索性偷偷把孟浩然帶進了官署。

而另一邊，萬年不入下屬辦公室的玄宗大大因為一時興起，有個音樂方面的問題想找王維商討，也朝太樂署走來！

用相聲演員岳雲鵬的話來說，這不巧了嗎！這不巧了嗎！

隨著一聲「聖上駕到，太樂丞接駕」的唱喏，王維一口熱茶噴將出來，孟浩然

1 干謁，指古代文人士子為達到延譽、入仕、升遷等目的，拜訪達官顯貴或向其投遞詩文的行為。

則直接滑到了椅子下面。

哥們，這可怎麼辦?!

二人如此驚慌是因為：私邀閒人出入宮廷，乃是欺君大罪，鬧不好掉腦袋……不暇細想，孟浩然就勢躲進了床榻之下，王維則匆忙接駕。

待玄宗入室後，王維看著案几上兩杯熱氣騰騰的茶水，再瞄一眼榻下孟浩然露出的衣角，大腦極速運轉：

這麼明顯，怎麼瞞得過英明神武的李老闆？

與其被發現，不如主動認了，說不定老闆欣賞孟兄的才華，不但大事化無，還能賜他一官半職……

想到這，王維眼一閉心一橫，將情況向玄宗如實脫出。

所幸，結果恰如他所設想，玄宗非但沒有開罪二人，反而頗有興致：此人朕素有耳聞。中書令張說對其才華讚譽有加，前一陣祕省賦詩又大放異彩，朕正想找機會召其入宮，一較風雅。

「今日巧遇，何不出來與朕相見？」

王維聞之大喜，趕緊把孟浩然從床底扒拉出來，拜見玄宗。

「孟卿，最近可有新作可賞？」

孟浩然此時還處於極度的緊張之中，他久居鄉野，疏於世事，如今猛然間直面九五之尊，又是在一個如此倉促尷尬的環境下……

於是，聽到玄宗發問後，狀態沒上線的他一時腦子短路，吟誦了這麼一首詩：

—**歲暮歸南山**—

北闕休上書，南山歸敝廬。
不才明主棄，多病故人疏。
白髮催年老，青陽逼歲除。
永懷愁不寐，松月夜窗虛。

孟浩然甫一開口，王維便心下一沉，聽到「不才明主棄」時則閉目扶額、痛苦地別過了身子：

大哥，你這不是自斷前程嗎?!

什麼叫你才華不高，皇帝看不上你？這不相當於控訴李老闆沒有識人之才，埋沒了你嗎?!

啊啊啊！兄弟，咱出門能不能帶上腦子？

王維分析得沒錯，一詩吟畢，玄宗臉上的笑容早已凝成冰塊：

「明明是你沒找朕應聘過，咋誣賴朕看不上你呢?!」

「起駕回宮！」

你看，本應該是一個絕佳的「見證奇蹟的時刻」，結果就這樣徹底搞翻車。

半晌，孟浩然才如夢初醒：
「阿維，我只是想自謙一把的，沒想到整過頭，負能量嚴重超標了是不是……」
王維只能擠出一絲苦笑：
「走吧，哥們，喝酒去。」

9.

這件事對孟浩然的打擊很大。
三十多年的朝夕苦讀，多少個日日夜夜關於理想與仕途的暢想，統統止步於一首不合時宜的詩。
黯然離京後，鬱悶至極的他，先後漫遊川蜀、吳越。
自此，半生閒逸的他才算是真正開始禁受生活的錘鍊，體會到為生存和理想而掙扎的無奈：

- 自此歷江湖，辛勤難具論。
- 鄉園萬餘里，失路一相悲。

- 今宵有明月，鄉思遠淒淒。

除了旅途艱辛、鄉思難抑，更讓他痛苦的是自己再也不能像從前一樣毫無機心、超然世外地徜徉山水，因為那被迫中斷的理想之路沒有一刻不在他內心繼續延展：

- 未能忘魏闕，空此滯秦稽。
- 魏闕心恆在，金門詔不忘。
- 望斷金馬門，勞歌采樵路。

這些詩句翻譯過來，其實都是一個意思：唉，我始終忘不了長安城啊！

於是，開元十六年（七二八年），四十歲的孟浩然再次奔赴長安，希望能夠通過科舉考試為上一次的失誤翻盤。

然而，不幸落第。

後來，開元十九年（七三一年），玄宗臨幸東都洛陽，孟浩然也曾前往尋求機會，結果仍是一無所獲。

年過四十，一無作為，此時的他，再也沒有了從前的沖淡和飄逸，而是被人生就此落空的恐懼和哀傷時時環繞：

- 隙駒不暫駐，日聽涼蟬悲。
- 棄置鄉園老，翻飛羽翼摧。
- 壯圖哀未立，斑白恨吾衰。

在這樣的痛苦之下，他又開始東遊吳越。那首空靈蘊藉、清幽至極，被後人評為「神品」「奇作」的五絕名篇《宿建德江》，就作於此時期：

移舟泊煙渚，日暮客愁新。
野曠天低樹，江清月近人。

日暮時分，孟浩然乘坐的小舟，停泊在煙霧蒼茫的水中沙洲。原野空闊，遠處的天空彷彿比樹還要低；江水清澈，一輪明月映襯其中，似要與人來親近。

在廣袤而寧靜的無垠宇宙下，在萬籟俱寂的靄靄黃昏中，想到自己寸功未建，卻已然白頭，無邊的愁緒在孟浩然心中升騰、瀰漫，最後充盈到身體的每一個角落，裡面有：

羈旅的惆悵，故鄉的遠思，理想的幻滅，人生的落空……

10.

也許是看到孟浩然太痛苦了，上天決定再給他一次機會。七三五年，襄陽刺史韓朝宗，計畫向朝廷引薦孟浩然。

這位韓朝宗，就是李白干謁詩（即相當於現在的求職信）中「生不用封萬戶侯，但願一識韓荊州」的韓荊州本尊，能讓李白如此屈尊降貴地拍馬屁，此人來頭可謂不小。有他舉薦，按理說，成功率應該不低。

結果呢，約定入京的日子，孟浩然卻跟一位朋友飆酒喝多了，放了人家鴿子……

很多人都把孟浩然這一行為，捧高成淡泊名利、好樂忘名，或是「詩人那可愛的任性」。

恕我不能苟同。

讀讀他後半生寫的那些人生價值無從實現、擔心生命虛空的詩句吧，其中的痛苦是多麼深重！你就會知道，真正的原因絕不可能是那般輕巧。

那麼大家可能要問了：「既然孟浩然求仕心切，機會來臨，卻又為何放棄呢？」

答案是：他在怕，在逃避。

此時的孟浩然已經四十七歲，之前求仕失敗的數次經歷，已經給內斂、敏感、清高的他，留下了太多的痛苦和陰影，他深怕這一次又會像從前一樣，失敗得一塌糊塗。

他沒有勇氣再面對這樣的打擊，也無力再承受這樣的痛苦⋯⋯

是的，不是每一個人都有李白那麼昂揚的鬥志，六十幾歲從牢裡出來，還想著去參軍禦敵。

理想的門票，從來都是昂貴的。

後來張九齡任荊州長史時，孟浩然曾經至其幕下短暫任職，之後還歸田園，終生不仕。

11.

又是最後的綜評時刻。

從詩歌角度來講，孟浩然是盛唐第一個多景觀的山水詩作者，也是繼陶淵明之後第一個大量描寫田園、隱逸題材之人。最終將山水、田園兩個類別結合起來，上承陶謝，下啟王維，開一代風氣之先。

其詩自然沖淡、清逸閒遠，有大巧不工之美，「誦之有泉流石上，風來松下之音」。雖然整體詩歌成就不及同組合的王維更全面多樣，但就山水詩而言，二人可謂花開並蒂，各得風采：

「王右丞如秋水芙蓉，倚風自笑；孟浩然如洞庭始波，木葉微落。」

從人生經歷來講，相比其他盛唐詩人，孟浩然的一生非常簡單，前半生鄉居讀書，下半生外出求仕。

他本性喜愛山水自然，又受隱逸思想影響較重，而家庭教育奉行儒家學說，加上盛世環境下讀書人當有一番作為的時代思想，造成了其頗為糾結矛盾的後半生——想要追求功名，卻清高拉不下臉，不能拚盡全力地干謁奔走；退回曾經的鄉居生活，卻又深恐生命落空，難復往日那份閒適平和的心境。

綜觀孟浩然的一生，我個人最深刻的感受是：

比起不知道自己想要什麼，也許更痛苦的是，明明知道自己的目標在哪裡，卻不能拚盡全力去抵達。

歐陽修有句話講得好：「遇事無難易，而勇於敢為。」

多麼希望孟浩然也曾為理想毫無保留地燃燒激情，哪怕最後像李白一樣仍是兩手空空，但最起碼可以告訴自己：

我真的用盡全力了。

然後毅然決然地走向同樣深情愛著的山水田園，不再頻頻回首。

最後，借一首我非常喜愛的王維的詩來作結，祝福生命的最終，孟浩然也曾得到詩中的那一份釋然——

送別

下馬飲君酒，問君何所之。
君言不得意，歸臥南山陲。
但去莫復問，白雲無盡時。

周公子每期一問

老孟，盛唐你最欣賞哪位詩人啊？
當然是同組合的王維啦！
當路誰相假？知音世所稀～（出自《留別王維》）
啊?!
李白？
嗚嗚嗚，人家哪點不如他?!

第一季

第二集

王維

有哥在，李白杜甫也得靠邊站

1.

大唐開元年間，一個二十歲的年輕人，最近有點煩。

自從自己高中狀元，王公貴族便趨之若鶩、請柬不斷，幾乎日日都要吟遊赴宴。上門提親的人更是踏破了門檻、爭破了頭，不知多少官宦人家意欲引其為乘龍快婿……

只是這些，倒也罷了。最令年輕人無奈的是，還有一些八卦小報捕風捉影，到處造謠散播他和玉真公主的緋聞：「新科狀元與玉真公主不得不說的故事」、「揭祕王維科考之路：才華顏值雙絕倫，琵琶一曲定功名」……

正煩悶間，只見書僮又抱了厚厚一疊文人考生相求結交的詩文和名帖而來，年輕人帥氣的側臉上，不由浮出一絲苦笑，搖著頭輕嘆了一口氣：「何時可得清靜啊！哥都沒時間搞創作了……」

煩歸煩，班還是要上的。

身為太樂丞，他最近正負責排練一支樂曲，名為《五方獅子舞》。當天一切都很順利，即將收工之際，一個伶人下屬卻突然私自舞起了五方獅子中的黃獅子，年輕人大驚失色，連忙喊停！可惜一切為時晚矣，暗處一雙鬼鬼祟祟的眼睛看到這一幕後，露出了陰險又得意的笑容：王維，你的好運到此為止了！

2.

看到這兒，如果你以為這個叫王維的年輕人招人嫉妒只是因為「運氣好」，那你就天真了。其實他更令人嫉妒的是以下：

首先是出身。西元七〇一年，王維出身於五大望族之一的太原王氏，門第高貴，其母更是出身於五大望族之首的博陵崔氏。

五大望族雖形成於魏晉時期，但到了唐代依然地位尊崇，至於尊崇到什麼地步，一個例子就可以完美說明。據可靠記載，有一次唐太宗為公主招駙馬，結果詭異的現象出現了：大臣們居然紛紛稱病躲避，無人應徵。

天呀！公主啊！駙馬啊！這種好事都不幹?!

是的，你沒看錯，因為他們都想和五大望族聯姻，以至於連公主也不願娶！

嘖嘖，真是活久見。如果大臣們不是集體腦子進水，那就只能說明，五大望族在唐代的地位，確實非比尋常。（心疼公主三分鐘……）

講完出身，接下來我們要秀才華了。

出身名門又是長子的王維，從小接受的是全面的素質教育，《唐才子傳》記錄他「九歲知屬辭，工草隸，閑音律」，也就是說，王維不僅從小吟詩作文，還工書擅畫，雅通音律。

一般來說，我們普通人一輩子能練就一樣看家本領就阿彌陀佛了，可人家王維卻樣樣都玩出了花。（到現在一樣都沒練好的我，已哭暈在廁所。）

作詩就不用說了，詩至盛唐，眾體皆備，而王維無所不長。

明代《唐詩品滙》中說：「五古七古，以王維為名家；五律七律五排五絕，以王維為正宗；七絕以王維為羽翼。」史傳稱王維「天寶中詩名冠代」，唐代宗更譽其為「天下文宗」，連杜甫當時都是王維的真愛粉，贊王維之詩為「最傳秀句寰區滿」……

除此外，王維還以自己的一顆雲水禪心，將山水田園詩開闢出一個新境界。

書法上，王維兼長草、隸各體；繪畫方面更達到了開山鼻祖級別，後世譽其為「南宗畫派之祖」，錢鍾書甚至奉他為「盛唐畫壇第一把交椅」。

連王維自己都自負地說「宿世謬詞客，前身應畫師」——哎，哥是一個被寫詩耽誤了的畫家啊！

音樂才能也被傳得神乎其神。

傳說有人弄到一幅奏樂圖，但不知如何題名。王維瞥了一眼，便輕描淡寫道：「圖中所彈乃《霓裳羽衣曲》第三疊第一拍。」——這都能看出來，吹吧你?!

有好事者便請來樂師演奏，對照之下，竟分毫不差。

你說服不服？

有如此才華如果人還長得帥，那真的就是沒天理了。偏偏這種「沒天理」的事就讓王維遇上了。後人形容王維「妙年潔白，風姿都美」——可以了，不需要更多了，就這八個字的想像空間，已足以傾倒眾生了。

（身為資深外貌協會成員的我已經口水一地。）

看到這兒，是不是已經發自內心地羨慕嫉妒恨：有如此出身，又何必有如此才華；有如此才華，又何必有如此顏值啊！

先別急著膜拜，下面還有更刺激的：

王維同學不僅才華顏值雙線上，更讓人嫉妒到吐血的是，他居然還一舉打破了天才智商高情商低，一正必一負的千古魔咒！（反面典型：王勃、駱賓王……）

口說無憑，上實錘：

話說有一天王大帥哥心血來潮，想約一個叫裴迪的好朋友出來遊山玩水，而裴老弟當時正頭懸樑錐刺股，熱火朝天備考公務員，這個時候換你會怎麼說？

我猜一般人大概會這樣講：學什麼，出來玩！然而人家王維是這樣說的：

「非子天機清妙者，豈能以此不急之務相邀……」意思就是，還不都是因為你太與眾不同、太有趣了，人家實在忍不住想喊你出來耍喔。

嘖嘖，王大帥哥，咱還能再會聊天一點嗎？就憑這句話，裴迪是不是「天機清妙」我們不知道，你王維「天機清妙」，倒是證據確鑿了！

所謂「好看的皮囊千篇一律，有趣的靈魂萬裡挑一」，而王維同學二者兼具，再加上逆天的才華，簡直百萬裡也難挑其一。

有人說，上帝給誰的都不會太多——此時此刻，我只想代表人民群眾問一句：這話誰說的？來來來，站出來，我們保證不打死你！

3.

其實上面那句話，說得沒毛病。上天固然給了王維萬千寵愛，但也確實一次又一次奪走了他最為寶貴的東西，首先是九歲時痛失父愛。

父親早逝，家道中落，母親獨自一人拉扯養活七個孩子，其中艱辛，可想而知。身為長子的王維，沒有一天不期盼自己可以早日成人，為母分憂。

轉眼到了十五歲，已是翩翩少年郎的王維，決定踏上征程，進京求仕。沒爹的孩子早當家啊！人家有爹的孩子，十五歲時，過的是這樣的日子：

> 憶年十五心尚孩，健如黃犢走復來。
> 庭前八月梨棗熟，一日上樹能千回。
> ——杜甫《百憂集行》

就這樣，在同齡人還在摘梨摸棗的年紀，王維同學已經身負詩、文、書、畫、樂五項絕學，高手林立的盛唐詩壇，即將迎來一個熠熠生彩的大明星。

開元四年（七一六年），輝煌的大唐盛世，已拉開華麗的序幕。

一個躊躇滿志的少年，向著帝都長安的方向進發了。他的眼中透著一股與年齡並不相稱的沉穩與從容：我一定要金榜題名，衣錦還鄉！唯有如此，才能重振門庭，回報母親！

長安，我來了！

4.

獨在異鄉為異客，每逢佳節倍思親。
遙知兄弟登高處，遍插茱萸少一人。

獨闖帝都、初涉詩壇的王維，絲毫沒有怯場，一上台就交出令人驚豔的作品，比如這首作於十七歲的《九月九日憶山東兄弟》，不小心就洗版一千多年。

一句「每逢佳節倍思親」，簡直是他鄉遊子逢年過節、思鄉懷舊之必備金句。

自古高手出少年啊！

憑藉幾首口碑爆棚的初期代表作（另有《洛陽女兒行》《桃源行》等），再加上音樂、繪畫、書法等各項技能的神助攻，王維很快就在人才濟濟的長安城脫穎而出，一舉成為王公貴族的座上賓。

我們來看看當時的王維，受歡迎到什麼程度：

「名盛於開元、天寶間，豪英貴人虛左以迎，甯、薛王待若師友。」（甯王、薛王都是唐玄宗的兄弟。）

文人墨客更是爭相以結識王維為榮，彼時的王維儼然成了上流社會「品位」的代名詞，走到哪兒都自帶巨星光環，身邊是清一色的土豪真愛粉。

其中，以身為重度音樂發燒友的岐王李範，與王維最為投契（就是杜甫詩中「岐王宅裡尋常見」的岐王，為玄宗之弟）。

彼時李白尚未出川，杜甫還在家上牆爬樹，盛唐詩壇上，王維可謂獨步江湖、一枝獨秀！而年少的王維並沒有因此而飄飄然，而是時刻銘記自己來長安的目標：科考在即，勢在必得！

可就在此時，岐王卻告訴了他一個壞消息：「聽說今年京兆府試，早有人通過玉真公主舉薦，第一名恐已內定……」

聞聽此言，王維星光熠熠的眼眸瞬時黯淡了下去。

岐王卻報之一笑：「摩詰（王維字摩詰）不必沮喪，我自有妙計助你奪魁！」

5.

幾日後，岐王在府內大宴玉真公主。

䑸籌交錯間，岐王笑談自己近來得遇佳曲，欲邀公主一同賞鑑，亦喜音律的玉真公主自是欣然允之。

岐王一個手勢後，但見樂廳內款款步出一個懷抱琵琶的少年，長身玉立，眉目疏朗，向王爺公主大方施禮後，便風姿落落地行至樂廳中央就座。玉真公主不禁暗自驚嘆：此少年氣度雍容，不似伶人，不知何許人也！

（不愧是公主，好眼力！）

再回看處，少年已是輕撥琴弦，指尖翻飛，一首《鬱輪袍》如山澗清泉傾瀉而出，頃刻間大廳之內鳳吟鸞吹、佳音繞樑，明快處似高山落流水，哀切處如孤雁嘯長空。

一曲終了，玉真公主驚為天人——「如此才俊，屈就樂工，簡直暴殄天物啊！」岐王聞之，朗然一笑：「皇妹誤會，此人並非樂工，乃是為兄知音啊！他不僅琵琶彈得好，詩詞繪畫更是當今獨步，實為難得一見之全才！」

玉真公主更加驚詫：「此人還能吟詩作畫？可有詩作可賞？」

聞聽此語，王維放下琵琶，從容奉上詩稿。公主翻開詩集，頓感眼前一亮：天哪！字也寫得這麼好！

而接下來映入眼簾的這首小詩，其清新絕倫，更是令玉真公主驚呼不已。

——相思——

紅豆生南國，春來發幾枝。
願君多採擷，此物最相思。

「蒼天哪！我早就拜讀此詩，一直以為是先賢佳作，沒想到竟出自當世少年郎之手，如此大才，何不參加科考，一展所長啊！」

劇情至此，正中岐王下懷。

於是其頓做痛心疾首狀：「唉！不瞞皇妹，此人身負絕學，志在奪魁，而今聽說第一名已由皇妹許與他人，恐怕他是不會去赴試了……大唐失此良才，實在可惜啊！」

語罷，岐王端起了酒杯一飲而盡，而後又是一聲喟然地長嘆：「唉！可惜啊可惜！」

（這場戲，男主角王維的才華我給一〇〇分，編、導、演三體合一的岐王演技我給一一〇分！）

性情中人的玉真公主，此時已徹底被岐王飽滿的情緒所感染。

只見她玉手一拍，蛾眉一挑，豪氣干雲地說道：「好個有志青年！明明可以靠顏值，卻偏偏要靠才華！如此人才不中狀元，誰中狀元?!我現在就發消息給考功郎，必取王維為解頭！」

大功告成！

岐王心中暗喜，表面卻是故作嗔怒：「摩詰，還不快向公主致謝！」

（老天爺，岐王這樣的貴人請人手一個好不好！）

6.

就這樣，自帶才華加貴人相助，十九歲的王維在京兆府試中一舉奪魁，光耀門楣，第二年又進士及第，轟動長安。

這絕對是一件秒登頭條的大新聞。

「三十老明經，五十少進士」——在唐朝，三十歲考中明經，出門已經不好意思跟人打招呼了，但五十歲中進士，卻還是可以敲鑼打鼓的風光事。比如孟郊，四十六歲才考中，慶功宴和退休儀式差不多都可以一起辦了，還豪情萬丈地寫下「春風得意馬蹄疾，一日看盡長安花」

而王維不過才二十歲就中了進士，其風光程度可想而知。

——少年行·其一——

新豐美酒斗十千，咸陽遊俠多少年。
相逢意氣為君飲，繫馬高樓垂柳邊。

別人窮其一生追求的繁華與風光，王維在弱冠之年便已盡數擁有，怎不令人志得意滿。

「母親，我終於做到了！無愧你的付出與期待！」此時的王維恰似一個少年英俠，滿懷盛唐的意氣與豪情。

然而，就在他張開雙臂，準備盡情擁抱更加美好燦爛的明天時，意外發生了。

7.

進士及第後，王維被量才適用任職為太樂丞，專門負責皇家歌舞音樂類事務，這個藝術類職位對王維來說，可謂人崗相宜，如魚得水。

可王維一路走來，實在太順利了，嫉妒眼紅者自然不在少數。所以任職不到半年，就因「伶人舞黃獅子」，被人一舉告發，貶官千里！

只是舞個獅子而已，有那麼嚴重嗎？

答案是有的，因為在唐代黃獅子舞是帝王專利，任何官員不得在皇帝未到場時私自觀看，否則論罪處理！看似是一件小事，卻犯了皇家大忌，王維因此被貶出帝都長安，遠赴千里之外的山東濟州，任職司倉參軍。（王維，大美山東歡迎你！）

一朝從風光無限的皇家歌舞團團長下放到基層糧倉管理員，對王維來說，簡直就是從雲端跌落深淵，回首昨日還是炙手可熱的王公貴族座上賓，今時卻已是無人問津的天涯淪落人。

二十年的寒窗苦讀，才走到今天的位置，而失去卻只是一瞬間。

> 微官易得罪，謫去濟川陰。
> ……
> 縱有歸來日，多愁年鬢侵。

縱有歸來之日，或許也已是兩鬢斑白——敏感的王維已預感到此去前程叵測：還會有柳暗花明的一天嗎？

王維的預感沒有錯，他的淬火之旅才剛剛開始。

8.

—雜詩三首．其二—

君自故鄉來，應知故鄉事。
來日綺窗前，寒梅著花未？

貶黜的歲月中，最牽掛的，還是魂牽夢縈的家。

萬千的思鄉之情，見到遠道而來的故人，卻只化作輕輕的一問：老鄉，你來的時候，我家窗前的那株蠟梅結花苞了嗎？（窗後是否有佳人在等待？）

看似是不經意的一問，卻讓每一個讀到此詩的人都禁不住心起漣漪——又是一首思鄉的佳作，比之十七歲的「獨在異鄉為異客」更添意境。

濟州的基層公務員，王維一幹就是四年。好不容易後來遇到大赦，回到長安，可惜很快又被分配到淇上，境遇並沒有什麼起色。二十到三十幾歲的大好時光，就這樣在仕途蹭蹬中悄然流逝。而長兄如父，此時的王維還擔負著家庭的重擔——「小妹日成長，兄弟未有娶」，所以即使心中苦悶，也只能「此去欲何言，窮邊徇微祿」。

好在上天並沒有將王維徹底遺忘。

開元二十二年（七三四年），張九齡拜相。王維上詩明志，被提拔為右拾遺，從八品，與第一個官職太樂丞為同級。花了十幾年才回到曾經的高度，可見「舞獅案」對王維來說，是個多大的坑。

好不容易才從坑裡爬出來，可惜好景不長，三年之後，張九齡被口蜜腹劍的李林甫所排擠，貶為荊州長史。王維又一次迎來了人生的轉捩點。

「舉世無相識，終生思舊恩！」——望著恩師張九齡黯然離去的背影，王維知道自己恐怕再也沒有機會在政治上有所作為了。

果不其然，他的預感又一次得到了驗證：很快，李林甫就以慰問軍隊為由，將他支到了荒遠的涼州。是的，這次被貶得更遠。（這個李林甫，就是後面杜甫科考時遇上的那個煞星，到處都有他的影子，真是名副其實的害人精！）

但這次我們要感謝李林甫，因為沒有此番出塞，也就沒有下面這首「千古壯觀」的名篇：

——**使至塞上**——

單車欲問邊，屬國過居延。
征蓬出漢塞，歸雁入胡天。
大漠孤煙直，長河落日圓。
蕭關逢候騎，都護在燕然。

不愧是畫中聖手，一個「直」，一個「圓」，一副雄渾大氣的邊塞圖呼之欲出！明人徐增在《而庵說唐詩》裡評價此詩曰：「『大漠』『長河』一聯，獨絕千古。」

曹雪芹也在《紅樓夢》中借香菱之口，道出了第三聯超高的藝術境界：「『大漠孤煙直，長河落日圓。』想來煙如何直？日自然是圓的。這『直』字似無理，『圓』字似太俗。合上書一想，倒像是見了這景的。若說再找兩個字換這兩個，竟再找不出兩個字來。」「詩的好處，有口裡說不出來的意思，想去卻是逼真的。有似乎無理的，想去竟是有理有情的。」

而清人趙殿成在《王右丞集箋注》中的評語，則正可解答香菱之疑惑：「親見其景者，始知『直』字之佳。」——大漠氣候乾燥，無風無雲，那煙可不是直衝霄漢嘛。

此後，王維筆下多有邊塞名作，筆力比之高適、岑參亦不遑多讓，例如以下這首描寫軍旅生活的《觀獵》：

風勁角弓鳴，將軍獵渭城。
草枯鷹眼疾，雪盡馬蹄輕。
忽過新豐市，還歸細柳營。
回看射雕處，千里暮雲平。

一次普通的打獵，愣是被王維寫出了武俠劇既視感。首聯起句便出語不凡，先寫角弓鳴響，箭飛勁疾，渲染出緊張肅殺的氣氛，然後才點出冬日渭城，將軍行獵。

所謂未見其人，先聞其聲是也。如果將之用影視畫面呈現出來，那鏡頭一開始定是獵獵風聲，隨後出現一雙剛健有力的拉弓的手，只見弓響箭飛，畫面跟隨箭頭飛行，獵物一射而中、應聲倒地。最後鏡頭一轉，引出馬背上英姿矯健的將軍……

嘖嘖，這刻畫手法，你說高不高級，這要放今天，我們王維絕對是妥妥的頂級分鏡師啊！

第二聯也很出彩，以「疾」字刻畫鷹眼銳利，以「輕」字形容馬蹄迅捷，細膩傳神，既交代了獵場環境，又側面映襯出將軍騎射的驍勇之狀。

第三聯以「忽過」「還歸」寫返營馳騁之迅疾，讀來有瞬息千里之感，遣詞用字可謂錘鍊已極。

最後一聯「回看射雕處，千里暮雲平」，寫景恢宏闊大，正與將軍獵歸後豪邁從容、風平雲定的心境兩相映襯。

嘖嘖，一個山水派詩人，隨隨便便一出手，就把邊塞題材寫到了如此登峰造極之高度，還讓其他邊塞詩人怎麼混？

再看其另一首邊塞名篇《隴頭吟》：

長安少年遊俠客，夜上戍樓看太白。
隴頭明月迥臨關，隴上行人夜吹笛。
關西老將不勝愁，駐馬聽之雙淚流。
身經大小百餘戰，麾下偏裨萬戶侯。
蘇武才為典屬國，節旄落盡海西頭。

這首詩明明是感嘆關西老將的悲慘遭遇，但王維卻「莫名其妙」地先從一個毫不相關的長安少年寫起。少年夜登戍樓，仰查星象，希冀能從中探測出戰事的勝負吉凶——一個豪情萬丈，渴望能夠遠赴邊關、建立功勳的少年形象，就此脫筆而出。然後，王維卻筆鋒一轉，順著長安少年的思緒，墨走千里，來到月照隴山的塞外：淒清的月夜，荒涼的邊塞，在這裡服役的「隴上行人」，正用哀切的笛聲抒發愁緒。至此，王維的筆鋒再又一轉：由吹笛的隴上行人，引出聽笛的關西老將。老將「身經大小百餘戰」，軍功累累，之後卻並沒有得到應有的榮譽，部下的偏裨副將都已晉升為萬戶侯，他卻依然沉淪邊塞。故此，老將聞笛駐馬，雙淚橫流……

長安少年、隴上行人、關西老將，三個看似毫不相關的人物；戍樓觀星、月夜吹笛、駐馬流淚，三種完全不同的生活場景，卻被王維匠心獨運，巧妙地集中在一起，互相映襯對比。猶如電影中的蒙太奇意象。

今日的長安少年，安知不是明日的隴上行人、後日的關西老將？此刻滿懷雄心壯志的少年哪能知道，或許自己的結局也將如老將一樣淒涼？而今日的關西老將，又何曾不是昨日的隴上行人、前日意氣風發的長安少年？如此奇絕之構思，用意可謂深矣！

詩的最後一聯，王維引用了蘇武的典故。蘇武出使匈奴被扣留，在北海持節牧羊十九年，如此盡忠朝廷、報效國家，回國以後，卻不過被以微末官職待之。此詩表面是寫關西老將的不幸遭遇，其實又何嘗不是王維為自己、為恩師張九齡之仕途坎坷一澆塊壘?!除了以上剛勁雄渾的邊塞詩，王維筆下那首清新含蓄、膾炙人口的送別名詩《送元二使安西》，大抵也是出自此時期：

渭城朝雨浥輕塵，客舍青青柳色新。
勸君更盡一杯酒，西出陽關無故人。

全詩行文簡樸、洗盡雕飾，以明朗自然的語句抒發著別情，情景交融，韻味悠長。詩成之後，旋即被樂坊付諸管弦，爭相傳唱，成為流傳至今的千古名曲。

幾年後，王維從邊塞回到長安，朝堂上依然是奸人當政，暗無天日。而歷經逆境錘鍊的詩人，此時的心境也已悄然發生轉變。

平生濟世之理想，再也沒有辦法實現了怎麼辦？

沒關係，我還可以做一件更有意義的事——為千秋萬世締造一個詩意的世界。

9.

—終南別業—

中歲頗好道，晚家南山陲。
興來每獨往，勝事空自知。
行到水窮處，坐看雲起時。
偶然值林叟，談笑無還期。

所謂締造一個詩意的世界，其實王維一句話就做到了——行到水窮處，坐看雲起時。可王維是慷慨的，他還給了我們以下詩句：

- 江流天地外，山色有無中。
- 千里橫黛色，數峰出雲間。
- 日落江湖白，潮來天地青。
- 白水明田外，碧峰出山後。

……

嘖嘖，每一句都是一幅天然山水畫！

只是詩中有畫還不算牛，身為音樂家的王維，還能融「詩畫音」於一爐，捕「光影色」於一瞬，讓畫面自帶音響！不服來「聽」：

• 聲喧亂石中，色靜深松裡。
• 屋上春鳩鳴，村邊杏花白。
• 細枝風響亂，疏影月光寒。
……

蘇軾：「味摩詰之詩，詩中有畫；觀摩詰之畫，畫中有詩。」

嗯，詩是有聲畫，畫是無聲詩——果然，全才就是不一樣！

—**山居秋暝**—

空山新雨後，天氣晚來秋。
明月松間照，清泉石上流。
竹喧歸浣女，蓮動下漁舟。
隨意春芳歇，王孫自可留。

正當王維亦官亦隱，決定在悠然閒適的山水世界中「隨意春芳歇，王孫自可留」時，漁陽鼙鼓卻已動地而來，帶給他最大創傷的安史之亂爆發了！

10.

安史之亂，李白、杜甫、王維，可謂人人遭殃。

可王維的遭遇是最兇險的，由於他才名遠播，連安祿山都是他的資深腦殘粉。捕獲偶像一個，安祿山死活要給王維一個官職做，王維迫不得已，今天吃啞藥，明天吃瀉藥，試圖搞殘自己讓粉絲死了這條心。

安祿山卻軟硬不吃，不管三七二十一給偶像頭上扣了個給事中的偽職：「親愛的，你願不願意做是你的事，我給不給是我的心意！」（很好安同學，你已經成功地把偶像推向了死亡的邊緣！）

果然是人怕出名豬怕肥——同樣是被叛軍所俘，杜甫同學因為官小名微，關了沒幾天就被放了出來，除了不能出城外，行動自由幾乎不受限制。因此才能目睹山河破碎，寫出了《春望》《哀江頭》《哀王孫》等名篇，最後更是伺機逃出了長安城，再次說明任何事情都有兩面性啊！

後來安史之亂平定，所有被安祿山授以偽官的人員，全部定罪處罰，砍頭的砍頭，流放的流放。只有王維因在囚禁期間寫下了「萬戶傷心生野煙，百官何日再朝天？」的悲愴之句倖免於難，不僅如此，後來還幾番升遷，最高官至尚書右丞，因此世人又稱其為「王右丞」。

從結果來看，王維無疑是幸運的。

但被俘且出任偽職的屈辱經歷，還是在他一向清雅高潔的心上，刻劃了沉重的一刀。從此，王維抹去了對政治的最後一絲熱情，毅然轉身，走向了山水更深處。

是的，那裡才是我的歸宿。

11.

—**嘆白髮**—

宿昔朱顏成暮齒，須臾白髮變垂髫。
一生幾許傷心事，不向空門何處銷。

上天縱然給了王維很多，奪走的卻更多——幼年喪父，壯年喪妻，中年喪母，老來無子。加上安史之亂的創傷，午夜夢迴他又何嘗不曾肝腸寸斷，痛徹心扉？

既然上天要讓我失去一切，當初為何又要給予我所有?!

是的，沒有人生來就是超脫的，一切不過是因為他們承受了足夠的痛。

王維的母親是虔誠的佛教徒，虔誠到王維的名和字，都取自一個佛家高人之名——「維摩詰」，這也冥冥之中注定了王維終將與佛學結下不解之緣。

曾經看盡繁華絢爛，如今也已遍嘗人間至痛。王維就此歷劫飛升，心如止水，於拈花微笑之中，將山水田園詩開闢出一個新境界：詩中無我，詩中有禪。

是的，一次次的淬火，是為了讓你擺脫世間所有的浮躁和誘惑，返璞歸真，透悟生命的真諦：

——**辛夷塢**——

木末芙蓉花，山中發紅萼。
澗戶寂無人，紛紛開且落。

生命一如這山澗深處的芙蓉花，不管是否有人來欣賞，它都會茂盛地開，自在地落：「生命從不是為了別人而存在。」

是的，一朵花的存在，不是為了讓別人感慨「花近高樓傷客心」或者「叢菊兩開他日淚」，它只是單純地為了自我而綻放——這就是生命的本質。

（杜甫：怎麼感覺有人在針對我杜某人？）

不僅看到了花的生命，此時心境空明的王維，彷彿連山水的生命都能感受到：

——鳥鳴澗——

人閒桂花落，夜靜春山空。
月出驚山鳥，時鳴春澗中。

山水的脈搏，就隱藏在這深度的寧靜中。

此外，王維也在山水自然中，重新發現了自我的生命之美——有時，他會在明月映照下「獨坐幽篁裡，彈琴復長嘯」；有時，他會在晚風薄暮中「倚杖柴門外，臨風聽暮蟬」；還有時，他會在雨後深院內「坐看蒼苔色，欲上人衣來」……

是的，王維賦予了山水生命，山水也療癒了王維的傷痛。清風明月間，他們相互陪伴，彼此成就。七六一年，一個風輕雲淡的日子裡，六十一歲的王維端坐桌前，寫下幾封給親友的書信後，從容而逝——他的一生恰似一縷清風，優雅而來，優雅而去。

這是我第一次寫到一個人離去而不覺得感傷，俗世的生命雖已走到盡頭，但我相信王維已然在另一個世界「坐看雲起」。

但去莫復問，白雲無盡時。

12.

王國維先生在《文學與教育》一書中說過：「生百政治家，不如生一大文學家，何則？政治家與國民以物質上之利益，而文學家與以精神上之利益。夫精神之於物質，二者孰重？且物質上之利益，一時的也；精神上之利益，永久的也。」

客觀地說，王維在政治上並沒有什麼值得稱道的成就，他的偉大之處在於他集詩人、畫家、音樂家、書法家、佛學家等多種身分於一身，是盛唐氣象的完美代表。縱然李白千秋逸調，杜甫百代宗師，但若論才華的全面性，王維毫無懸念是唐代詩壇第一人！雖然今天我們已難窺其書法繪畫之真跡，但好在王維以他豐富、從容、優雅的盛唐特質，為我們留下了一個空靈淡遠的山水世界，讓奔走紅塵的人們，能夠偶爾放慢腳步——

於「湖上一回首，青山卷白雲」的愜意中感受山水自然的饋贈；從「人閒桂花落，夜靜春山空」的靜謐中覓一處心靈棲息之地；在「行到水窮處，坐看雲起時」的禪機中參悟面對人生困頓的平靜……

「一個人只擁有此生此世是不夠的，他還應該擁有詩意的世界。」

王維做到了，你呢？

周公子每期一問

新豐美酒斗十千，咸陽遊俠多少年。
——王維《少年行》
金樽清酒斗十千，玉盤珍羞直萬錢。
——李白《行路難》

孰知不向邊庭苦，縱死猶聞俠骨香。
——王維《少年行》
縱死俠骨香，不慚世上英。
——李白《俠客行》

第一季

第三集

李白

給我一個支點，我能撬起整個大唐

1.

唐，開元年間，四川青城山。

野竹分青靄，飛泉掛碧峰。

一個年長的樵夫正哼著俚曲在砍柴，在這等山水自然中勞作，可不是快活似神仙嘛。忽聽一陣草木窸窣之聲，樵夫心下一驚，恐有猛獸相襲。循聲望去，發現乃是一隻煞是可愛的林鹿，黑漆閃亮的眼睛與樵夫悠然對視，全無驚懼之意。

樵夫瞬時大喜：「鹿」同「祿」，此乃大吉大利之兆啊！

欣喜未畢，旋又一聲激越悠揚的長嘯劃破長空，林鹿受驚而去。與之同時，四面八方的鳥兒紛紛向著同一個方向飛攏集聚，直有遮天蔽日之勢。

樵夫何曾見過此番景象，不由得順著群鳥追將過去，想要一探究竟。繞過一塊巨石，樵夫被眼前的景象驚呆了：在一片竹林的開闊處，一個十六、七歲的少年風神俊朗，臨風而立。齊聚而來的奇珍異鳥環繞在他身旁，不時有個別飛棲於其掌中，怡然取食，了無驚猜。正午的陽光穿透竹林，傾瀉在少年如雪的白衣上，一切如夢似幻。

青天白日總不會撞鬼，樵夫壯起膽子：「敢問少俠是人是仙？因何在此深山之中啊？」少年聽罷，縱聲長笑，轉身飄然而去，只剩下一首詩在空寂的山林中久久迴蕩：

——山中答俗人——
問余何意棲碧山，笑而不答心自閒。
桃花流水窅然去，別有天地非人間。

——你們這些地球人啊，說了你們也不懂！

2.

大家別誤會。

這位不愛搭理地球人的少年，並非天外來客，他姓李名白，此時正在青城山跟隨高人學道，所以出場方式玄幻了些。

這也是沒辦法的事兒，誰讓人家打從娘胎裡就自帶仙人氣質呢。

據他的親戚李陽冰說，其母有孕時曾夢到太白金星飛入其懷，所以為其取名李白，字太白。言下之意是再明顯不過了：

我們家李白小朋友，可是太白金星轉世喔！現在大家知道李大哥為什麼終其一生都想要修仙了吧，人家得想辦法回到天上去啊。

比玄幻的出生方式更具傳奇色彩的，是他那撲朔迷離的家世。他自稱是涼武昭王的九世孫，也就是漢代飛將軍李廣的後裔，好巧不巧，李唐皇室也說自己是李廣之後，所以李白的潛台詞簡直呼之欲出：老子跟玄宗是親戚喔！

實際上，他也確實毫不客氣，跟皇室宗親交往時各種稱兄道弟，論資排輩，完全不把自己當外人。

說起祖宗雖然很高調，但李白終其一生對自己的原生家庭卻諱莫如深，家裡是幹什麼的，父母姓甚名啥，兄弟姊妹幾人，我們一概不知（只知道他爹叫李客，還是個化名）。

因此，甚至有學者推測李白乃是「玄武門之變」中李建成或李元吉的後人，這樣才能解釋他祖上為何流竄西域、隱姓埋名，實在是有大大的難言之隱啊！

可惜，不管是李白自己的說辭，還是後世專家的猜測，都缺乏真憑實據。現在學術界唯一爭議不大的是李白於七〇一年出生於西域碎葉城，即今吉爾吉斯共和國的托克馬克市，五歲時才舉家遷居到四川江油。

綜上，也難怪明人胡應麟曾慨嘆：古今詩人出處，未有如太白之難定者。

3.

如同他的家世，在二十四歲出川之前，李白的成長經歷我們也是所知甚少。鐵杵磨成針的故事在這裡咱就不提了。

但可以肯定的是，他一定有一個非常寬鬆的學習和成長環境。與整日死讀書的儒家弟子不同，李白同學的興趣愛好十分廣泛：

- 五歲誦六甲，十歲觀百家。
- 十五遊神仙，仙遊未曾歇。
- 十五好劍術，遍干諸侯。

你看，李大哥從小不僅廣讀諸子百家，還尋仙練劍，更曾拜蜀中的隱逸高人趙蕤為師，專習合縱連橫、權謀韜略的帝王之術。跟他的老鄉兼詩壇前輩陳子昂一樣，是名副其實的複合型人才。

廣泛的涉獵，造就了李白極為高遠的人生理想。很快，小小的四川盆地已裝不下這隻羽翼豐滿的大鵬鳥。二十五歲時，李大哥「仗劍去國，辭親遠遊」，展翅高飛的日子開始了！

——渡荊門送別——

渡遠荊門外，來從楚國遊。
山隨平野盡，江入大荒流。
月下飛天鏡，雲生結海樓。
仍憐故鄉水，萬里送行舟。

故鄉，再見。我要去做一番大事業了，他日歸來，必當以富貴相見！過了荊門，就算徹底離開巴蜀地界了，仗劍立在船舷的李白回首向故鄉投去最後的一瞥，待及轉身，萬丈豪情已將淡淡憂傷覆蓋：一個屬於我的時代即將開啟，這氣象萬千的盛世，本就為我而來！

面對這個雄心萬丈、意氣風發的遊子，故鄉的山水所能做的，也只有一送再送。彷彿它們已經預知，這將是一生一次的出走——從此，他不會再歸來。

4.

外面的世界很精采。

年輕豪邁的李大哥決定以一種最酷炫、最拉風的方式開啟人生的新征程——無論做什麼事，第一印象向來很重要。

那就先亮出我的第一重身分吧：哥，是一個仗劍走天涯的俠客家。

中國的俠客文化自古發達，唐代遊俠之風尤為盛行，而這其中入戲最深的則毫無疑問非李太白同學莫屬！翻翻他的詩篇，刀光劍影、殺人如麻的詩句，可謂比比皆是：

- 十步殺一人，千里不留行。
  事了拂衣去，深藏身與名。
- 托身白刃裡，殺人紅塵中。
  當朝揖高義，舉世稱英雄。
- 托交從劇孟，買醉入新豐。
  笑盡一杯酒，殺人都市中。
- 酒後競風采，三杯弄寶刀。
  殺人如剪草，劇孟同遊遨。

怎麼樣，有沒有一種誤入片場的感覺？

武功蓋世，快意恩仇，李大哥簡直就是唐代令狐沖啊！

而且人家還不是武俠小說讀多了隨便說說而已，乃是「十五好劍術，遍干諸侯」的實打實的練家子！

據可靠目擊者聲稱，李白同學的日常裝備是「袖有匕首劍，懷中茂陵書」——少年英俊再加文武雙修，魅力值分分鐘爆表。

而另一位名叫魏萬的瘋狂職業粉絲，爆的料就更加重量級了：「（李白）少任俠，手刃數人！」——考慮到該粉絲曾跨越千水萬山追尋李白，且雙方有過深入交往，所以這話多半是李大哥親口告訴他的，因此具備相當可信度。（當然了，按照李白同學吹牛不打草稿的性格，對此持懷疑態度的人士也不少。千年之下無從對證，此處也就不做深入探討了。）

5.

真正的俠客當然不只是打打殺殺（如此與街頭混混何異），最重要的乃是存交重義，能為朋友兩肋插刀、同生共死。

這一點，李白同學做到了。

話說他出川後，曾偶遇一個叫吳指南的同鄉，雙方一見如故，就此結伴遨遊。

結果沒想到吳同學時運不濟，遊至洞庭湖時突患急病，猝然離世。

體現李大哥俠義精神的時刻到了——他傷心欲絕，伏屍痛哭，上演了感天動地的一幕。

> 指南死於洞庭之上，白禫服慟哭，若喪天倫。炎月伏屍，泣盡而繼之以血。行路聞者，悉皆傷心。猛虎前臨，堅守不動。——《上安州裴長史書》

看到沒，為朋友哭乾淚水，雙目泣血；連老虎來了，都守護著屍骨不肯離去。（謹代表全世界人民感謝這隻慧眼識天才的老虎，要不是您口下留情，整個中國詩歌史都要改寫了！）

朋友做到這個分上，算是相當仗義了吧。

可我們李大哥是誰啊，怎麼能讓朋友埋骨他鄉呢？

幾年後，他專程回來為其遷葬，把屍骨掘出見筋肉尚存，於是又痛哭一場，用刀劍剔盡筋肉，將骨骼沖洗乾淨後裝進口袋，披星戴月，奔到江夏，將朋友正式安葬。不僅對亡友情深意重，行走江湖的李大俠還視金錢如糞土，動不動就仗義疏財，扶危濟貧：

> 曩昔東遊維揚，不逾一年，散金三十餘萬，有落魄公子，悉皆濟之。——《上

盛唐時，三十萬錢相當於一個八品公務員十年的薪水啊！

現在知道李大哥為什麼能寫出「千金散盡還復來」「鐘鼓饌玉不足貴」這樣的豪言壯語了吧。

因為人家本身就是不差錢的土豪富二代啊！

仗劍行俠的同時，自然也少不了尋訪名山勝水，沒有被貧窮限制想像力的天才，再遇上壯美山河，催生出的化學效應那簡直就是火星撞地球：

—**望廬山瀑布**—

日照香爐生紫煙，遙看瀑布掛前川。
飛流直下三千尺，疑是銀河落九天。

這比喻，這誇張，這想像，橫掃古今，席捲八荒，除卻李白還有誰人可為之?!幾百年後，連四川同鄉蘇東坡讀完都禁不住擊節讚嘆、手動點讚：「帝遣銀河一派垂，古來唯有謫仙詞。」

—**夜宿山寺**—

危樓高百尺，手可摘星辰。
不敢高聲語，恐驚天上人。

寫詩的最高境界，就是字字樸素，卻句句驚人。比如李大哥的這首《夜宿山寺》，堪稱「平中見奇」的絕佳代表作，得是多有童心的一個人，才能保有如此炸裂的想像力啊！

人帥多金，武功又高，天生偶像體質的李大哥，不管走到哪兒，都有一撥死忠粉哭著喊著不讓走：

—**金陵酒肆留別**—

風吹柳花滿店香，吳姬壓酒勸客嘗。
金陵子弟來相送，欲行不行各盡觴。
請君試問東流水，別意與之誰短長。

春日江南，店外是雜花生樹、群鶯亂飛。

店內是美人勸酒、少年酣飲。送別詩都能寫得這麼瀟灑明亮，真是讓人忍不住慨嘆：年輕真好啊！

如果李白的人生追求僅限於此的話，我想他應該不會有什麼痛苦。

但天才注定都是不甘平庸的，所謂「俠之大者，為國為民」——李大哥接下來向我們亮出的身分，才是他終其一生所追求的巔峰狀態：哥，還要做一個「談笑安黎元」的縱橫家。

6.

古代文人的人生理想向來高度統一，簡言之，就是一句話：達則兼濟天下。通俗點講就是：俺想當公務員。瀟灑如李白也不能免俗，但李大哥要做的可不是普通公務員：

> 申管、晏之談，謀帝王之術，奮其智能，願為輔弼，使寰區大定，海縣清一。
>
> ——《代壽山答孟少府移文書》
>
> 秉燭唯須飲，投竿也未遲。如逢渭川獵，猶可帝王師。——《贈錢征君少陽》

他看得上的位置，只有如上兩個：

宰相或帝王之師。

千萬不要以為李大哥是在開玩笑，他是堅信自己身負大材的。不信你看，人家連功成身退的結局都已經規畫好了：

- 功成謝人間，從此一投釣。
- 功成拂衣去，搖曳滄洲傍。
- 終與安社稷，功成去五湖。

雖然理想如此高大上，但天生驕傲的李大哥，是不屑於走常規的科考路線的。天才嘛，當然要一飛沖天，一鳴驚人才對。可是，有這樣跨越式發展的路徑嗎？

有的，比如找名人舉薦。

出川後，李白一邊遊歷大好山河，一邊四處干謁名流權貴，正事休閒兩不誤。都說找工作最重要的就是自信，李大哥做到了。一起來看看他的自薦信是怎麼寫的，在一份名為《上安州裴長史書》的簡歷中，李白首先誇自己從小博學多覽、涉獵百家：

五歲誦六甲，十歲觀百家。軒轅以來，頗得聞矣。常橫經籍書，制作不倦，迄於今三十春矣。

然後再借他人之口，誇自己文采卓絕、天下無雙：

諸人之文，猶山無煙霞，春無草樹。李白之文，清雄奔放，名章俊語，絡繹間起，光明洞澈，句句動人。

以上都還只是小意思，真正令人大開眼界的，是這篇自薦信的結尾：

願君侯惠以大遇，洞天心顏，終乎前恩，再辱英眄。白必能使精誠動天，長虹貫日，直度易水，不以為寒。若赫然作威，加以大怒，不許門下，遂之長途，白既膝行於前，再拜而去，西入秦海，一觀國風，永辭君侯，黃鵠舉矣。何王公大人之門，不可以彈長劍乎？

翻譯過來就是：

如果君侯能給我一個施展才華的機會，我李白一定會以長虹貫日的精誠之心追隨於您，即使讓我像荊軻一樣去刺殺秦王也在所不辭！

但如果您不給面子，還在我面前耀武揚威，那不好意思，哥將像黃鵠一樣高飛而去，西入長安，再也不和您碰面。像哥這樣的天才人物，又何愁沒有王公大人賞識呢！

此處概括起來，用康震老師的話來說，其實就是一句通俗的大白話：此處不留爺，自有留爺處！

天才的腦迴路果然足夠清奇，求職履歷居然生生寫出了恐嚇信的感覺……厲害！佩服！

作為一個曾在人力資源行業摸爬滾打過幾年的人，奇葩履歷咱應該也算見過不少，可奇葩到這種程度的，還真是第一次見：大哥，這樣寫履歷，能找到工作才怪啊！

7.

看到這兒，一部分死忠粉可能忍不住要替男神辯解了：會不會我們李大哥只是求職心切，所以才一不小心有點自信過頭了呢？

呵呵，讓我來粉碎你們的幻想吧，請看李大哥如下詩句：

「君看我才能，何似魯仲尼？」

——哥的才華都趕上孔子了喔。

「興酣落筆搖五嶽，詩成笑傲凌滄洲。」

——之於李白的詩才，大家比較熟悉的大多是杜甫的那句「筆落驚風雨，詩成泣鬼神」，其實你看，人家的自誇也很驚天動地。

「閒騎駿馬獵，一射兩虎穿。迴旋若流光，轉背落雙鳶。」

——打個獵把自己吹得比鐵木真還神武，這麼能耐，你咋不上天呢！

「近者逸人李白自峨眉而來，爾其天為容，道為貌，不屈己，不干人，巢、由以來，一人而已。」

——嘖嘖，誇自己的長相是天為容，道為貌，自戀到這種程度，就問你服不服！

現在大家明白了吧，求職信能夠寫成上面那個樣子，對李大哥來說，絕對是本色出演。

叔本華曾說：「通常，那些具有高貴本性和出眾思想稟賦的人，會令人吃驚地曝露出缺乏對人情世故的了解，尤其在他們年輕的時候。」

而李大哥顯然是這其中的典型代表。

年少輕狂的他就這樣投出了一封又一封傲嬌爆棚的求職信，結果都是泥牛入海，杳無音信。偶爾有給出回饋的，貌似還是負面評價，惹得他相當不爽，狠狠地懟了回去：

—上李邕—

大鵬一日同風起，扶搖直上九萬里。
假令風歇時下來，猶能簸卻滄溟水。
世人見我恆殊調，聞余大言皆冷笑。
宣父猶能畏後生，丈夫未可輕年少。

連孔子都說後生可畏，你算老幾，竟敢瞧不起年輕人！好，現在你們對我這個大鵬鳥愛搭不理，他日我定一飛沖天，讓你們高攀不起！

8.

可惜，沒有人能隨隨便便成功，李白也不例外。

一飛沖天的機會遲遲沒有來臨。

出川所帶的萬貫家財，卻早已揮霍殆盡；偏偏客居揚州時，又遭大病來襲，獨在異鄉的李白，終於開始品嘗到生活的艱辛：

吳會一浮雲，飄如遠行客。
功業莫從就，歲光屢奔迫。

光陰飛逝，功業未就，難道就這麼灰溜溜地回到故鄉嗎？出川時的豪言壯語猶在耳畔，無功而返，又有何面目去見高堂與恩師?!不行，絕不能就這樣回去！大業不成，我李白誓不返鄉！

進退維谷之際，李白在好友的牽線搭橋下，來到安州，與已故宰相許圉師的孫女結婚，就此開始了「酒隱安陸，蹉跎十年」的家庭生活。

十年間，他以安陸為中心，東遊吳越，南泛洞庭，北抵太原，結果依然是功業茫茫，一無所獲。

可以想見，心比天高的李白，當時的處境是何等窘迫與尷尬：入贅妻家，又遲遲無功名在身，他人的竊竊私語與世俗眼光日復一日，如芒在背……

大道如青天，我獨不得出！

漸漸地，他開始借酒消愁：

• 窮愁千萬端，美酒三百杯。

• 三百六十日，日日醉如泥。
• 百年三萬六千日，一日須傾三百杯。

然而，寄人籬下、壯志難抒的苦悶，並不會隨著酒精流逝，要麼就這麼痛苦下去，要麼就為了夢想繼續奔走。

——**行路難・其一**——

金樽清酒斗十千，玉盤珍羞直萬錢。
停杯投箸不能食，拔劍四顧心茫然。
欲渡黃河冰塞川，將登太行雪滿山。
閒來垂釣碧溪上，忽復乘舟夢日邊。
行路難，行路難，多歧路，今安在？
長風破浪會有時，直掛雲帆濟滄海。

終於，在某一個清晨，李白意識到，不能再這樣蹉跎下去了：既然地方上沒有賞識千里馬的伯樂，何不親赴長安，更大的舞台意味著更多的機會。

9.

四明有狂客，風流賀季真。
長安一相見，呼我謫仙人。
——《對酒憶賀監二首》

開元十八年（七三〇年），長安。

又是干謁奔走的一天，毫無收穫的李大哥轉入長安街頭的酒家：「小二，上最好的酒！」

李大哥沒有注意到，角落裡一個鬢髮皆白、神采奕奕的老者正默默注視著他：「觀此人目朗如星，風姿天成，方才走來飄飄然若有神仙之概，恐不是一般人物……」

老者暗自思忖間，忽見一頁詩箋從李白衣袍中滑出，微風一吹，正著自己腳畔。於是順勢撿起，心想正可藉此相識。

拾起詩箋的一刻，老者猛然怔住了，頭頂像是響起了無數個炸雷——因為映入他眼簾的，是這樣一首詩：

——蜀道難——

噫吁嚱，危乎高哉！蜀道之難，難於上青天！蠶叢及魚鳧，開國何茫然！爾來四萬八千歲，不與秦塞通人煙。西當太白有鳥道，可以橫絕峨眉巔。地崩山摧壯士死，然後天梯石棧相鉤連。上有六龍回日之高標，下有沖波逆折之回川。黃鶴之飛尚不得過，猿猱欲度愁攀援。青泥何盤盤，百步九折縈岩巒。捫參歷井仰脅息，以手撫膺坐長嘆。

問君西遊何時還？畏途巉岩不可攀。但見悲鳥號古木，雄飛雌從繞林間。又聞子規啼夜月，愁空山。蜀道之難，難於上青天，使人聽此凋朱顏！連峰去天不盈尺，枯松倒掛倚絕壁。飛湍瀑流爭喧豗，砯崖轉石萬壑雷。其險也如此，嗟爾遠道之人胡為乎來哉！

劍閣崢嶸而崔嵬，一夫當關，萬夫莫開。所守或匪親，化為狼與豺。朝避猛虎，夕避長蛇；磨牙吮血，殺人如麻。錦城雖云樂，不如早還家。蜀道之難，難於上青天，側身西望長咨嗟！

一口氣讀完這首參差錯落、長短不齊而又奇思縱橫、天馬行空的詩篇，老人徹底震驚了：

我的天呀！詩還可以這樣寫?!如此自由又如此瑰麗奇幻！

顧不得初識的矜持，老人急奔過去，緊緊握起了李白的雙手：「敢問閣下高姓大名？我看你簡直不是人！是……被貶人間的神仙吧，凡人豈能有如此鬼斧神工之作?!」

李白被這突如其來的動作嚇了一跳，斜睨到桌上的詩箋後，心下頓時明瞭：

「在下蜀人李白。敢問……？」

「哦哦，忘了自我介紹，老朽乃太子賓客賀知章。」

沒錯，這位老者正是神句「二月春風似剪刀」的作者——也是當時的文壇元老賀知章。

兩人因詩相識，傾蓋如故。

賀知章更是當即解下身上的金龜（唐代官員的一種佩飾，三品及以上官職才能佩戴）當作換酒之錢，二人推杯換盞，痛飲狂歌。

接下來的事情就不難預料了，有了文壇盟主的加持，李大哥就此一炮而紅，名動京城，逆襲之路就此開啟。

果然，是金子總會發光的。

10.

—南陵別兒童入京—

白酒新熟山中歸，黃雞啄黍秋正肥。
呼童烹雞酌白酒，兒女嬉笑牽人衣。
高歌取醉欲自慰，起舞落日爭光輝。
遊說萬乘苦不早，著鞭跨馬涉遠道。
會稽愚婦輕買臣，余亦辭家西入秦。
仰天大笑出門去，我輩豈是蓬蒿人。

運氣來了，擋都擋不住。遇到賀知章後，李白的詩名日漸隆盛，再加上道士吳筠和玉真公主的舉薦，四十二歲這年終於喜從天降，朝廷召其入京！

李白喜不自勝，仰天大笑出門去：哈哈哈，早就說了，哥會一飛沖天！

而他進宮後的情景，也頗具浪漫色彩。

據說玄宗接見李白時，見他神氣高朗，軒軒然若霞舉，不覺忘卻萬乘之尊，親下步輦以迎之。按理說，這已是極隆重的禮遇了，而接下來發生的一幕，才真正超出了所有人的想像：

以七寶床賜食，御手調羹以飯之。——《〈唐李翰林草堂集〉序》

嘖嘖，不僅賜給李白鑲滿七彩寶石的華貴坐具，還親手為其盛飯夾菜，就差餵到嘴裡去了！（玄宗你太不矜持了，貴妃看到怎麼想……）

在中國古代詩歌史上，以布衣身分成為皇帝的座上賓，並能受如此禮遇者，李白之外，再無他人——由此可見，只要才華高，沒有什麼不可能啊！

沉浸在巨大榮耀中的李白，感受到了前所未有的希望：蒼天呀，大地呀，哥那「濟蒼生，安社稷」的遠大理想，終於有機會實現啦！然而，他很快將會發現——這一切，不過是個美麗的誤會。

11.

李白一直深信自己是位超一流的政治家。

應召入京後，他滿心以為自己從此可一展治國安邦、文韜武略之大才，沒想到玄宗遞給他的卻只是一支粉飾太平、吟風賞月的詩文娛樂之筆。

誤會！深深的誤會！

客觀講，對普通文人來說，從一介布衣一躍成為皇帝身邊的詩文供奉，已然是能夠想像的人生最高峰了。可我們李大哥是什麼樣的人物？何等之自信？何等之抱負?!

對於自己的理想，他是絕不肯打半點折扣的。

於是，短暫的榮耀感褪去之後，無盡的失落開始湧上心頭，他又開始嗜酒狂飲了……

日與飲徒醉於酒肆。玄宗度曲，欲造樂府新詞，亟召白，白已臥於酒肆矣。召入，以水灑面，即令秉筆，頃之成十餘章，帝頗嘉之。——《舊唐書》

有詔供奉翰林。白猶與飲徒醉於市。——《新唐書》

除了史書記載，將李白這段時間的醉飲生活描繪得最為形象傳神的，當屬太白粉絲團團長杜甫的《飲中八仙歌》：

李白一斗詩百篇，長安市上酒家眠。
天子呼來不上船，自稱臣是酒中仙。

人人都說伴君如伴虎，李大哥這工作態度簡直就是把玄宗當 Hello Kitty（凱蒂貓）啊！

雖然日日沉醉，好在並沒有耽誤為玄宗貴妃填詞助興，著名的《清平調詞三首》，即出於此時期：

——清平調詞三首——

雲想衣裳花想容，春風拂檻露華濃。
若非群玉山頭見，會向瑤台月下逢。
一枝穠豔露凝香，雲雨巫山枉斷腸。
借問漢宮誰得似，可憐飛燕倚新妝。
名花傾國兩相歡，長得君王帶笑看。
解釋春風無限恨，沉香亭北倚闌干。

這三首詩以花喻人，以人比花，語語濃豔，字字流葩。玄宗貴妃興致倍增的同時，對李白沉醉之下卻依然能如此文思敏捷亦是甚為嘉許。

名花美人，宮廷宴樂。鶯歌燕舞中，沒有人注意到李白落寞的眼神：帝王雖近在眼前，理想卻依然千里之遙……這樣的日子，跟從前又有什麼區別?!

12.

除了理想與現實帶來的巨大落差，很快，李白在長安的生活又有了新的困境。人際關係的困境。

雖然所謂「力士脫靴」「國忠捧硯」多半為後人戲說，但為何這些故事會附會在李白身上呢？

根本原因還在於他為人處世放浪不羈、率性而為，讓人覺得這些故事符合他「戲萬乘若僚友，視儔列如草芥」的傲岸風采。

終日沉醉，消極怠工，卻深得玄宗寵愛。

在複雜的宮廷環境中，這番言行做派惹人眼紅嫉妒、進讒使壞，實在是太正常不過了。

- 君王雖愛蛾眉好，無奈宮中妒殺人。
- 青蠅易相點，白雪難同調。
- 讒惑英主心，恩疏佞臣計。

宮廷的約束，同僚的詆毀，政治理想無處施展的憤懣，讓原本放曠山林、瀟灑自在的李白不堪忍受。

於是不到兩年他就向玄宗上書請還了！

安能摧眉折腰事權貴，使我不得開心顏！

玄宗雖愛其才，但也深感其性情並不適宜在宮中任事，於是順水推舟，賜金放還，給了李白一個非常體面的台階。

出川後，用了十幾年的時間才走到天子跟前，政治理想剛剛有了起步的門檻，李白卻如此輕易地放棄了！其實翰林待詔並非沒有機會轉任正式官職，中唐時期帶領劉禹錫、柳宗元發起永貞革新的王叔文也曾是「以棋待詔」，而後步步為營進入權力的核心階層。

可惜李白沒有這樣的耐心，他唯一能接受的成功方式就是被邀出山，驟然立功，而後功成身退，高臥雲林。

這也太浪漫、太理想主義了！世間哪有一蹴而就的功業呢？

也許每個人出生的時候都以為這天地是為他一個人而存在的，當他發現自己有錯的時候，他便開始長大。

從這個角度講，李白或許只是個一輩子都沒長大的孩子。

13.

——宣州謝朓樓餞別校書叔雲——

棄我去者，昨日之日不可留；
亂我心者，今日之日多煩憂。
長風萬里送秋雁，對此可以酣高樓。
蓬萊文章建安骨，中間小謝又清發。
俱懷逸興壯思飛，欲上青天攬明月。
抽刀斷水水更流，舉杯消愁愁更愁。
人生在世不稱意，明朝散髮弄扁舟。

人生在世不稱意，明朝散髮弄扁舟——政治理想暫時幻滅了，那就重拾曾經的修仙大業吧。

對於修仙，李白是認真的，其實他做什麼事都很執著：

昔與逸人東岩子隱於岷山之陽，白巢居數年，不跡城市。養奇禽千計。呼皆就掌取食，了無驚猜。——《上安州裴長史書》

你看，道教講究天人合一，萬物一體，於是李大哥十幾歲就與恩師趙蕤隱居在青城山，一隱就是好幾年，還養奇禽千計，一呼即應，完全實現了人與自然的大和諧啊！——本章章首那仙氣飄飄的場景與畫面，即據此演繹而來。

賜金放還，回到東魯家中後，李白更前往濟南接受「道籙」，也就是考取了官方的道士文憑，成為一名正式的註冊道士。

就在將要離開山東再度漫遊吳越之際，李白與友人酣飲話別，聊到了越中名勝天姥山，從而做了那個催生絕世名作《夢遊天姥吟留別》的奇幻一夢：

海客談瀛洲，煙濤微茫信難求。
越人語天姥，雲霞明滅或可睹。
天姥連天向天橫，勢拔五嶽掩赤城。
天台四萬八千丈，對此欲倒東南傾。

在夢中，李白於月夜清光的映照下，一夜飛渡鏡湖。明月把他的影子映照在明鏡般的湖面上，又貼心地送他降落在偶像謝靈運當年曾經歇宿過的地方。為了向偶像致敬，李大哥穿上了謝靈運當年特製的木屐，登上謝公曾經攀登過的石徑：

我欲因之夢吳越，一夜飛度鏡湖月。

湖月照我影，送我至剡溪。
謝公宿處今尚在，淥水蕩漾清猿啼。
腳著謝公屐，身登青雲梯。

到了半壁空中，只見海日升騰，又聞天雞高唱。正以為天即大亮，卻又於山花迷人、倚石暫憩之間，忽覺暮色降臨，且熊咆龍吟，響徹山谷，使深林為之戰慄，層巔為之驚動。

半壁見海日，空中聞天雞。
千岩萬轉路不定，迷花倚石忽已暝。
熊咆龍吟殷岩泉，栗深林兮驚層巔。
雲青青兮欲雨，水澹澹兮生煙。

至此，全詩的高潮來臨了——本來以上景象已足夠令人驚奇駭異，緊接著李大哥卻又更進一步，腦洞大開，描繪出洞天福地，群仙降臨：

列缺霹靂，丘巒崩摧。
洞天石扉，訇然中開。

青冥浩蕩不見底，日月照耀金銀台。
霓為衣兮風為馬，雲之君兮紛紛而來下。
虎鼓瑟兮鸞回車，仙之人兮列如麻。

仙人們披彩虹為衣，驅長風為馬，虎為之鼓瑟，鸞為之駕車，奔赴仙山盛會，多麼盛大而熱烈的場面啊！正當李大哥激動地迎上去，想要和仙人們交流修道心得時，卻忽然從夢中驚醒了：

忽魂悸以魄動，怳驚起而長嗟。
惟覺時之枕席，失向來之煙霞。
世間行樂亦如此，古來萬事東流水。
別君去兮何時還？
且放白鹿青崖間，須行即騎訪名山。
安能摧眉折腰事權貴，使我不得開心顏！

夢境破滅，仙境也倏忽消失，李大哥終於在驚悸中返回現實。沉甸甸地躺在枕席之上，回想著夢境中的奇幻翱翔，幾多失意！幾多感慨！整首詩通篇敘夢，然而寫的僅僅只是夢境嗎？不是的，在入夢出夢、往復馳騁、大起大落的浪漫夢境中隱藏的是李白對遭讒去京的憤懣，對壯志難酬的遺憾，更有對光明自由的渴望！不能用志於朝堂之上，那就縱情於山水之間吧。

五嶽尋仙不辭遠，一生好入名山遊——成了正式道士，自然更要雲遊天下了。離開長安後，十餘年間他漫遊梁宋、東去吳越、北上幽燕，一生腳步所到之處，不知秒殺多少現代人。不問世事的日子，是快樂的：

—**山中與幽人對酌**—

兩人對酌山花開，一杯一杯復一杯。
我醉欲眠卿且去，明朝有意抱琴來。

能過這麼逍遙任性的生活，誰還稀罕什麼翰林待詔。

—**夏日山中**—

懶搖白羽扇，裸袒青林中。
脫巾掛石壁，露頂灑松風。

哎呀，天太熱，扇子也懶得搖了，直接裸著吧，頭巾也脫下來，陣陣松風吹過頭頂，好涼快哦！還修什麼仙啊，這小日子就連神仙也豔羨吧。

14.

那麼，李大哥從此就這樣過上了幸福快樂的生活嗎？

很遺憾，否！一個心中有夢而又無處可追的人，稍一清醒就會被漫天的孤獨和痛苦包圍。

—**獨坐敬亭山**—

眾鳥高飛盡，孤雲獨去閒。
相看兩不厭，只有敬亭山。

渺渺天地，一人獨坐，眾鳥孤雲也離我而去。敬亭山，為什麼你不走？真好啊，還有你懂我。

—**月下獨酌四首．其一**—

花間一壺酒，獨酌無相親。
舉杯邀明月，對影成三人。
月既不解飲，影徒隨我身。

暫伴月將影，行樂須及春。
我歌月徘徊，我舞影零亂。
醒時相交歡，醉後各分散。
永結無情遊，相期邈雲漢。

其實我的知己不只有敬亭山，還有月亮和我的影子，它們常常陪我一起喝酒……以上兩首詩都是李白膾炙人口的名篇佳作，可以說它們寫得有多好，李白的孤獨就有多深。古來聖賢皆寂寞。孤獨，是天才的宿命。

——**登金陵鳳凰台**——

鳳凰台上鳳凰遊，鳳去台空江自流。
吳宮花草埋幽徑，晉代衣冠成古丘。
三山半落青天外，二水中分白鷺洲。
總為浮雲能蔽日，長安不見使人愁。

為什麼總是忍不住眺望長安的方向？
為什麼總是不能平息心中的渴望？
夢想的聲音太清晰了，我無法假裝聽不到。

此後，天寶十年（七五一年），李白於漫遊途中取道河南，與道友元丹丘相會。就是這次與老友酣暢豪飲間，李白將去京放逐七年以來的壓抑情緒做了一次痛快淋漓、海濤天風式的大宣洩，揮灑出個人巔峰代表作《將進酒》：

君不見黃河之水天上來，奔流到海不復回。
君不見高堂明鏡悲白髮，朝如青絲暮成雪。
人生得意須盡歡，莫使金樽空對月。
天生我材必有用，千金散盡還復來。
烹羊宰牛且為樂，會須一飲三百杯。
岑夫子，丹丘生，將進酒，杯莫停。
與君歌一曲，請君為我傾耳聽。
鐘鼓饌玉不足貴，但願長醉不復醒。
古來聖賢皆寂寞，惟有飲者留其名。
陳王昔時宴平樂，斗酒十千恣歡謔。
主人何為言少錢，徑須沽取對君酌。
五花馬，千金裘，呼兒將出換美酒，與爾同銷萬古愁。

全詩五音繁會，氣象不凡，讀來猶如大河奔注，九曲向東，不可遏止。

情緒上既有悲憤苦悶，又極顯豪縱狂放，失望與自信交織，放縱與抗爭相生。起伏跌宕，變化劇烈，滔滔滾滾，餘勢不絕。

就在李白借酒遣懷，希冀以人生苦短、及時行樂之語超越夢想無處伸展的極度痛苦時，再度投身政治的機會，卻毫無預兆地來臨了！

15.

天寶十四年（七五五年），改寫盛唐無數詩人命運的安史之亂爆發了。

亂世出英雄！平生所負之合縱連橫，御行天下的王霸之略此時不用，更待何時！自認胸中有退敵之策的李白不顧兇險，在大家紛紛南逃之際逆流北上，希望能夠面見玄宗，以獻滅胡大計。

可惜戰況急轉直下，北去之路已均為叛軍所斷。李白只得折身南下，避禍於廬山屏風疊，伺機而動。

撫劍夜吟嘯，雄心日千里。
誓欲斬鯨鯢，澄清洛陽水。

這期間李白夜夜憂心：國家都到什麼地步了，這幫人還不來請我出山！說曹操曹操就到。此時逃到成都的玄宗下詔施行諸王分鎮，共平叛亂。其中奉命守衛長江流域的是皇子永王李璘，其得令後，一邊集結兵力糧草，一邊廣募仁人志士。槍桿子要有，筆桿子自然也不能少。放眼天下，還有誰比李白的文章好？永王親派手下三顧茅廬，力邀李白出山。

國難當頭，匹夫有責，再加一展胸中丘壑的平生夙願，對李白來說，這絕對是一個無法拒絕的機會：千秋功名，在此一搏！

出山！天真的李白對當時的形勢非常樂觀，他以淝水一戰、扭轉乾坤的東晉謝安自比，堅信自己出馬掃平胡虜易如反掌：

> 三川北虜亂如麻，四海南奔似永嘉。
> 但用東山謝安石，為君談笑靜胡沙！

可惜兩個月後，一切幻想灰飛煙滅。因為玄宗下詔之時，並不知道太子李亨已在靈武繼位。一山豈容二虎，李亨（唐肅宗）深感重兵在握的李璘對自身皇權是大大的威脅，勒令其交出兵權，退守成都。

李璘則拒詔不從：天下大亂，誰能收復江山還不一定呢，緣何我不能一搏?!

就這樣，李白滿心報國殺敵，結果連安史叛軍的影子還沒見到，永王的軍隊就被新皇帝當作造反派討伐，李璘兵敗被殺。李白則瞬間變成了政治鬥爭的犧牲品：以附逆之罪在九江被捕入獄！

冤屈，天大的冤屈！在獄中他悲憤難平，寫下了生平中最為悲愴的詩句：

兄九江兮弟三峽，悲羽化之難齊。
穆陵關北愁愛子，豫章天南隔老妻。
一門骨肉散百草，遇難不復相提攜。
樹榛拔桂，囚鸞寵雞。
舜昔授禹，伯成耕犁。
德自此衰，吾將安棲。
好我者恤我，不好我者何忍臨危而相擠！

遭此大難，卻手足飄零。兵荒馬亂中，自己的孩子們滯留山東，妻子隔在江南，一家人分散各地，無法互相扶助……懂我冤屈的人自然能體恤我的苦衷，不待見我的人又何必再落井下石！

我本不棄世，世人自棄我。

是的，李白此時的處境，恰如杜甫所言：世人皆欲殺，吾意獨憐才！

不過杜甫只說對了一半，「獨憐才」的並不只有他一人。事實上，還有一些身為李白粉絲的官員也在積極為他奔走斡旋，最終李白才保住了性命，被判長流夜郎。李白的二次從政，就這樣以慘烈的悲劇而收場了，此時他已五十七歲。

16.

其實，老天對詩人總還是格外垂愛的。

比如他們一旦遭遇滅頂之災，就總會出現一些促使天下大赦的政治事件，然後詩人正可由此脫困，例如王勃、駱賓王，坐牢時都是如此。李白也不例外，流放夜郎途中，因關中出現嚴重旱情，朝廷大赦天下，李白重獲自由之身。

喜從天降！老天爺也知道我是冤屈的啊！

生活再現曙光，李大哥頃刻間滿血復活：

——**早發白帝城**——

朝辭白帝彩雲間，千里江陵一日還。

兩岸猿聲啼不住，輕舟已過萬重山。

這心情是何等之歡暢，何等之飛揚！彷彿畢生的挫折與委屈，都盡數甩在了飛馳的船舷之後。

願你出走半生，歸來仍是少年——在我眼裡，再也沒有人比李白更能擔得起這句話了。

從來想像不出他年老的樣子，因為他真的從未老去。無論經歷了多少磨難與失敗，只要有一線光明與希望，他總會立刻原諒生活，重新充滿陽光與鬥志。在赦還的路上，他簡直忍不住要醉舞高歌了：

> 願掃鸚鵡洲，與君醉百場。
> 嘯起白雲飛七澤，歌吟淥水動三湘。
> 莫惜連船沽美酒，千金一擲買春芳。

每每讀至此處，都感胸中氣血倏忽升騰，奔湧激蕩，不得抑制，萬感千嘆，一呼方快。

該是有多麼熱愛生活、熱愛生命，才能在經歷了種種絕境後，在五十八歲的花甲之齡寫出這等青春洋溢的快意之句！

多麼浪漫、多麼可愛的李白！

17.

可惜，上天留給他的時間，終究不多了。遇赦放歸後，李白依然沒有放棄建功立業的抱負，六十一歲的他再次踏上追夢的旅程，準備北上參軍，痛擊敵虜！在他此時段的諸多詩文中，拳拳報國之心，依然觸處皆是：

- 安得倚天劍，跨海斬長鯨。
- 中夜四五嘆，常為大國憂。
- 豈惜戰鬥死，為君掃凶頑。

豪情縱然萬丈，可惜他的身體卻已支持不住。中途抱病，李白只得折往安徽當塗，投奔在此為官的族叔李陽冰。

他病情越來越重。七六二年十一月，是夜，月華如水。彷彿是冥冥之中的指引，李白攜酒來到采石江畔，蕩舟而行，立在船頭的他，最後一次喝得酩酊大醉。江面的倒影裡，那個曾經心雄萬夫的年輕人，已然兩鬢星星。

出川時立下的豪言壯語，終究我沒有做到；故鄉，對不起，我再也回不去了。富貴與神仙，蹉跎成兩失。滿懷著激情在這人間熱烈地追求了一世，最終還是兩手空空……浮生若夢，為歡幾何？

死不足懼，我只遺憾至死沒有知音，千秋萬載後，可會有人為我哭泣？可會有人真正懂我?!淒淒苦笑中李白向孤懸的明月舉起了酒杯，高吟出人生最後的絕唱：

——臨路歌——

大鵬飛兮振八裔，中天摧兮力不濟。
餘風激兮萬世，遊扶桑兮掛石袂。
後人得之傳此，仲尼亡兮誰為出涕？

大鵬奮飛啊，振動八方，中天摧折啊，窮盡了力量！鼓動的餘風啊，傳揚萬世，我滿懷的才華志向呀，無處伸張！後人得此詩篇而相傳，可世無孔子誰又會為我這隻大鵬涕淚沾襟！罷罷罷！本是為夢而來，既已無力追趕，何不歸去？

他豪飲最後一杯，縱身俯向江面那一片光明……

忽而，剎那間水面翻飛，一頭長鯨衝水而出，直上雲天！鯨背上的少年白衣飄飄，一如四十年前與樵夫偶遇時那般顧盼生輝。

塵緣已了，從此他終於可以真正「倚劍天外，掛弓扶桑，浮四海，橫八荒，出宇宙之寥廓，登雲天之渺茫」了！

李白，九天之上，你要得開心點！

18.

給了我們那麼多浪漫詩情的李白，理應有個如此浪漫傳奇的謝幕。真假已不重要，這是人間對他最後的祝福。

從現世的角度講，李白的一生誠然是不得志的，他最熱烈追求的功名與神仙，最終都是大夢一場。他的悲劇還在於，明明是不世出的天才詩人，卻偏偏認定自己是天生的政治家。然而也正是這種自我認知的偏差和極端的理想主義，才造就了一個如此極致浪漫的詩人。

古往今來，再也沒有哪個詩人比李白活得更率真，自我意識更強烈。他所有的喜怒哀樂，全都袒露於外，毫不掩飾，痛苦與歡樂都達到了最極限。「人類的一切情感，他都寫過。人類的心靈所能到達的最邈遠的地方，他都到過。」所以，人人心中都有一個李白，李白是另一個我們想要而沒有勇氣去做的自己。

好在，我們還有他的詩。人生得意時，李白的詩讓我們馳騁八極，神遊宇宙，將心中的快意和豪情擴張到極處：

- 登高壯觀天地間，大江茫茫去不還。
- 黃河落天走東海，萬里寫入胸懷間。

・人生得意須盡歡，莫使金樽空對月。
・大鵬一日同風起，扶搖直上九萬里。
・人生達命豈暇愁，且飲美酒登高樓。
・俱懷逸興壯思飛，欲上青天攬明月。

失意時，李白的詩讓我們痛快淋漓，洗盡愁怨，大卸心中塊壘：

・人生在世不稱意，明朝散髮弄扁舟。
・黃金白璧買歌笑，一醉累月輕王侯。
・天生我材必有用，千金散盡還復來。
・長風破浪會有時，直掛雲帆濟滄海。
・安能摧眉折腰事權貴，使我不得開心顏！
・五花馬，千金裘，呼兒將出換美酒，與爾同銷萬古愁。

「蓋自有詩人以來，我未嘗見，大澤深山，雪霜冰霰，晨霞夕霏，千變萬化，雷轟電掣，花葩玉潔，青天白雲，秋江曉月，有如此之人，如此之詩。」——〔北宋〕徐積《李太白雜言》。

「吾唐來有業是者，言出天地外，思出鬼神表，讀之則神馳八極，測之則心懷四溟，磊磊落落，真非世間語者，有李太白。」——〔晚唐〕皮日休。

「李太白、杜子美以英瑋絕世之姿，凌跨百代，古今詩人盡廢！」——〔北宋〕蘇軾。

你一生渴求激昂青雲，建功立業。如今，無數王侯將相已成糞土，而你的萬千詩篇卻早已融入中華民族的血脈與基因，堪與天地日月爭輝。你總望羽化成仙，長生不老。一個被千秋萬世銘記的人，從不曾真正死去。你生前的所有理想，終究都以更偉大、更永恆的方式兌現了！人生至此，何憾何悔！

李白千古。李白詩文亦千古。

備註：

1. 本文第一部分所引詩作《山中答俗人》，學術界多認定為李白定居安陸時期所作，本章因故事講述的需要，將此詩設置在出川前，特此備註。
2. 《將進酒》作於何時，學術界有三種說法，一說作於開元二十四年（七三六年），一說作於天寶十年（七五一年），一說作於天寶十一年（七五二年）。本文採信的是天寶十年，採用依據請參見田留才先生的《李白〈將進酒〉創作時地考》一文。

周公子每期一問

李大哥，我有好多問題想問你耶！
你家到底是幹什麼的？
你武功有多高？
你真的殺過人嗎？
你旅遊經費是誰贊助的？
這麼多問題，那咱們邊喝邊聊吧！
好耶！
原來是這樣啊？哈哈哈哈，千古之謎終於解開了，來，我們再喝……
一杯！
第二天
完蛋了！
酒喝太多，李大哥都說了啥來著?!

第一季

第四集

杜甫

從高富帥走向詩聖的路有多長？

1.

大唐開元七年（七一九年），河南鞏縣，一座大戶人家的院落內。

一個七歲男童從書房躍出，雙手持一頁墨跡未乾的宣紙穿過花木繁盛的庭院，來到一間臥房。不管三七二十一便搖醒正在午睡的父親大人：「爸比爸比，快起來看，我寫了一首《詠鳳凰》！」

其父睡至正酣，忽被打擾，正欲發作，轉頭望見孩子一臉的期待神色，不快隨即轉為愛憐。

接過孩子的詩作後，更是面色大喜：「駱賓王七歲作《詠鵝》，我兒七歲詠鳳凰，你爺爺的詩才後繼有人啊！」男孩臉上立刻飛上一抹潮紅，眼眸中星光閃爍：我不僅要繼承爺爺的詩才，我還要超越爺爺！

這個七歲的孩子不是別人，正是在我們課本中出現頻率極高，大家相當熟悉的、一天到晚愁眉不展的杜甫杜大叔。

一提起杜大叔，大家都很有發言權：這人我熟啊，從小窮困潦倒，飢寒交迫，整天不是山谷撿橡果，就是雪地尋山芋，好不容易蓋個茅草屋，房頂還被大風掀跑了……哎，總而言之一句話：窮苦人家的孩子，不容易啊！

如果你也是這麼想的，那麼恭喜你，和我一樣，徹徹底底地錯了！

2.

「城南韋杜，去天尺五。」

話說，從前有一個能得要上天的家族，叫作京兆杜氏。這個家族的祖先可追溯到漢武帝時期出身豪族的御史大夫杜周，歷朝歷代一直牛人輩出。比如東漢著名學者杜篤、西晉著名政治家杜預。宰相更是一打一打地出，唐朝兩百多年，有十一個宰相出自京兆杜氏，比如唐初名相杜如晦、杜牧的爺爺杜佑等。

西晉名將杜預就是杜大叔的第十三世祖，此人是個天才加全才，經濟、法律、天文、數學、工程水利、軍事、政治，無所不通，對《左傳》的註解到現在都是權威著作。

杜大叔的爺爺和爸爸都是朝廷公務員，所以大叔是出身名門的官三代啊！看到這兒，是不是很想顫抖著對杜大叔說一句：大叔，隱藏得很深嘛，失敬失敬啊！

先別急，我們再來看看杜大叔母親家那邊的情況：杜大叔的母親出身清河崔氏，清河崔氏乃是北方第一望族！這個家族厲害到什麼程度呢？據說，唐初官員修訂《氏族志》時把崔氏列為第一，唐太宗知道後大怒：我李氏貴為皇族，還比不上崔氏嗎？於是下令把李氏改為第一，長孫氏列第二，崔氏列第三。（那官員真是個實誠人啊！）

人家還豪到可以和皇室成員通婚：杜大叔的姥姥，是唐太宗李世民的重孫女。大叔姥爺的媽媽，是唐高祖李淵的孫女（李淵之子李元名之女）。

所以嚴格來講，杜大叔是正兒八經的唐太宗第六代後人，身上流淌著高貴的李唐皇室血液啊！

——哎呦喂，土豪別走，交個朋友呀！

3.

德智體育十項全能而又功勳卓著的遠祖杜預是杜大叔的事業偶像，文學偶像則由爺爺杜審言坐鎮。說起杜大叔的爺爺，那也是個從頭到腳都是戲的個性人物——恃才傲物到令人髮指！狂妄語錄如下：

我的文章宇宙第一，屈原、宋玉只配做我的跟班（吾文章當得屈、宋作衙官）；我的書法天下無敵，王羲之見了也要甘拜下風（吾筆當得王羲之北面）……

在同輩面前更是傲慢無比，有次他的公文交由上級蘇味道（蘇軾先人）審核，出來冷冷地道：蘇味道必死無疑（味道必死！）。

同事們大驚：哎呀媽呀，你殺人啦？杜審言：他看了我的公文必羞愧而死（彼見吾判，且羞死）！

同事……

後來，他臨終前宋之問和一幫朋友去看他，以為人之將死其言也謙，結果杜審言張口就來了這麼一段：「只要有哥在，你們就永遠沒有出頭之日，現在我要死了，你們應該感到高興啊！可惜了我這逆天的才華，世上再也無人可及……」（甚為造化小兒相苦，尚何言？然吾在，久壓公等，今且死，固大慰，但恨不見替人。）

宋之問一夥人頓時被雷了個裡焦外嫩：大哥，拜託你能不能死快點啊！

不過，杜審言如此狂傲，也並非毫無根據——人家可是公認的初唐五言律詩奠基人，僅憑一首格律嚴謹的《和晉陵陸丞早春遊望》，便足以笑傲詩壇。

獨有宦遊人，偏驚物候新。
雲霞出海曙，梅柳渡江春。
淑氣催黃鳥，晴光轉綠蘋。
忽聞歌古調，歸思欲沾巾。

明代著名詩論家胡應麟曾評價：初唐五言律詩，此首當推第一。

有這麼一個爺爺，可以想見杜大叔骨子裡也是非常的驕傲和自信，他經常掛在嘴邊的話是：「吾祖詩冠古」——我爺爺的詩前無古人，後無……不對，後有來者，就是我！

「詩是吾家事」——寫詩啊，那是我們老杜家的事兒，其他人哪兒涼快哪兒待著吧！

4.

有人說李白從未老去，杜甫未曾年輕。所以我們喊杜甫是老杜，卻從不喊李白老李。

關鍵時刻，我必須挺身而出：事實不是這樣的！

> 憶年十五心尚孩，健如黃犢走復來。
> 庭前八月梨棗熟，一日上樹能千回。
> ——杜甫《百憂集行》

看到沒，我們杜大叔不僅年輕過，而且還很晚熟，十五歲還在幹七、八歲熊孩子幹的事兒。摘梨摸棗，活力四射，上樹比猴還溜。

十九歲時，杜大叔發了一條微博：世界這麼大，我想趁著年輕去看看。

如果你以為 Gap Year（間隔年）只是西方國家的先進觀念的話，那就大錯特錯了，其實這早都是我們古代文青玩剩下的東西了。

十九歲時，杜甫出遊郇瑕（有說是山東臨沂市，有說是山西臨猗縣。）；二十歲時，漫遊吳越，歷時三年（土豪任性，旅遊都是按年算的！）。

二十四歲科考落榜後，繼續旅遊。（天天遊山玩水，不在家好好複習，直接裸考能不掛嗎？）

因為老爸在山東做官，杜甫就跑去省親，開啟齊趙之遊（山東河北一帶）。

第一站，五嶽之尊——泰山！

—**望嶽**—

岱宗夫如何？齊魯青未了。
造化鍾神秀，陰陽割昏曉。
盪胸生層雲，決眥入歸鳥。
會當凌絕頂，一覽眾山小。

誰說我們杜大叔沒有年輕過，不年輕能在名落孫山後寫出這麼積極昂揚、氣勢磅礴的詩篇?!

杜大叔在山東河北一帶，一玩就是五年。五年啊朋友們，碩博連讀都畢業了！

放蕩齊趙間，裘馬頗清狂。
春歌叢台上，冬獵青丘旁。
呼鷹皂櫪林，逐獸雲雪岡。
射飛曾縱鞚，引臂落鶖鶬。
——節選自《壯遊》

春天，杜大叔在邯鄲的叢台高歌：邯鄲美景三月天啊，春雨如酒柳如煙啊……冬天，就在青丘的原野遊獵：縱馬攬弓，箭無虛發！

（此處請自配背景音樂：射雕引弓塞外奔馳，笑傲此生無厭倦……）

帥不帥氣？拉不拉風?!

杜甫：呵呵，當年大叔我穿著裘皮大衣開著吉普車，呼鷹逐獸、縱橫山林的青春往事，你們國文老師怕是沒跟你們講吧。二十幾歲就背上房貸的人，也好意思說哥沒有年輕過？

怎麼樣，是不是知道自己錯了？別著急，劇情馬上就要反轉了。

5.

有人說，人生就像一盒巧克力，誰也不知道下一顆會是什麼味道。

天寶五載（七四六年），已經三十五歲的杜大叔，終於決定去帝都長安找工作了。是的，你沒看錯，杜大叔啃老啃到了三十多歲！羨不羨慕？嫉不嫉妒?!

天寶六載（七四七年），唐玄宗親自舉辦了一場特科考試，杜大叔信心滿滿：看哥的，此番必取功名！

然而，天有不測風雲，人有旦夕禍福——杜大叔……又落榜了。

如果說上次落榜是大叔裸考輕敵，那這次就是撞到鬼了——因為這次居然所有考生全部落榜！作為主考官的宰相李林甫興匆匆地對唐玄宗說：「恭喜皇上，賀喜皇上，這次考試，一個也沒中！」

皇帝蒙了：「這喜從何來？」

李林甫：「說明人才都在朝廷內，野無遺賢啊。」（此人是個爛學渣半文盲，最討厭有才華的人，係有意為之。）

唐玄宗「哦」了一聲就跑回了後宮：「小環環，去驪山泡溫泉嘍。」

辛苦備考，卻平白無故做了炮灰，杜大叔義憤填膺：「微生沾忌刻，萬事益酸辛！」天真的大叔此時還沒料到，命運對他的輪番轟炸，這才只是開了個頭。

屋漏偏逢連夜雨。這期間大叔當官的老爸去世了，第二炸順勢而來：工作難找，經濟危機隨之而來！

朝扣富兒門，暮隨肥馬塵。
殘杯與冷炙，到處潛悲辛。

早晨起來厚著臉皮到達官貴人家投履歷，下午跟在人家寶馬車後面吃一肚子車尾氣（看來首都的工作自古就不好找啊！）。年輕時以為憑藉自己的逆天才華（爺爺那兒隔輩傳的），封侯拜相易如反掌，如今卻淪落到排隊買政府減價米的窘境。從前沒吃過什麼苦的杜大叔，在長安找工作的十年間，飽嘗了人情冷暖、世態炎涼。

6.

天寶十四載（七五五年）。

長漂十年後，杜大叔終於等來了一個「右衛率府胄曹參軍」的職位，聽起來好像很高大上，其實就是個看大門的——負責看管兵器庫。

很好，我一個搞文學的，你居然讓我去做倉庫管理員……換作李白，絕對扭頭就走，老子才不伺候呢！可杜大叔不一樣，他從小接受的家庭教育就是：「好好學習，報效朝廷，生是朝廷的人，死是朝廷的鬼！」

雖然覺得委屈，大叔還是如期報到了——千里之行，始於足下嘛。繼續努力，一定還有機會的！可是，杜大叔怎麼也不會想到，剛剛找到工作，自己馬上又迎來了第三炸：漁陽鼙鼓動地來，驚破霓裳羽衣曲——安史之亂爆發了！

大唐，褪去了盛世的最後一抹餘暉。

天寶十五載（七五六年）初，安祿山由洛陽攻潼關，六月，潼關失守，長安陷落。杜甫與妻子楊氏，拖兒帶女，夾雜在難民中向北逃亡。深夜途經荒山，一家人飢渴難耐，又怕虎狼來襲：

——**彭衙行**——

憶昔避賊初，北走經險艱。
夜深彭衙道，月照白水山。
盡室久徒步，逢人多厚顏。
參差谷鳥吟，不見遊子還。
癡女飢咬我，啼畏虎狼聞。

懷中掩其口，反側聲愈嗔。
小兒強解事，故索苦李餐。
一句半雷雨，泥濘相牽攀。
既無禦雨備，徑滑衣又寒。

小女兒餓到咬杜甫的手，怕鬧聲招來野獸，杜甫不得不捂住她的嘴巴，還不懂事的小女兒卻因此更加吵嚷。小兒子已略微懂事，摘來幾個李子安撫妹妹……就這樣飢吃野果，夜宿荒山，一家人歷經艱辛，終於抵達戰禍未及的鄜州（今陝西富縣），暫且安定下來。

七月，唐肅宗在靈武即位。

依然心繫組織的大叔告別妻兒，在亂世中獨自踏上征程，打算投奔新繼位的肅宗皇帝，繼續報效朝廷、發光發熱。可是上路沒多久，組織沒找到，卻和叛軍來了個狹路相逢——人要倒起楣來，真是喝涼水都塞牙啊！

就這樣，杜大叔被叛軍捉個正著，押回已經淪陷的長安。整整一年後，他才得以逃脫，千辛萬苦找到組織，當時的形象是「麻鞋見天子，衣袖露兩肘」。

唐肅宗感動涕零：孤膽英雄，大唐脊樑啊！親授大叔左拾遺職位。

重新找到工作的杜大叔終於鬆了口氣，正打算喝口水壓壓驚，結果杯子還沒拿穩，第四炸又來了！

（大叔，你的命到底是有多苦?!）

新崗位還沒幹滿試用期，「乾坤一腐儒」的杜大叔就因為在唐明皇父子倆的政治鬥爭中站錯隊，被貶到華州做司功參軍。結果遇上關中大旱，物價飛漲，薪水簡直日光，養家糊口無望，四十八歲的大叔就此裸辭出走。

生命中最艱苦的一年，到來了。

辭職後，大叔先是帶著一家老小遠走秦州，聽說那裡遠離戰亂，風調雨順。結果抵達後，諸事不順，連個落腳的房子都找不到。於是輾轉同谷，結果更麻煩，連肚子都吃不飽。

——乾元中寓居同谷縣作歌七首．其一——

有客有客字子美，白頭亂髮垂過耳。
歲拾橡栗隨狙公，天寒日暮山谷裡。
中原無書歸不得，手腳凍皴皮肉死。
嗚呼一歌兮歌已哀，悲風為我從天來。

四處顛沛流離，一天到晚飢腸轆轆，「整天不是山谷撿橡果，就是雪地尋山芋」說的就是這段時間啊！華州、秦州、同谷，一年內大叔一家四處逃荒，腳步就沒停下過。越逃越荒，越逃越難，簡直活成了一部行走的難民紀錄片……

——乾元中寓居同谷縣作歌七首・其二——

長鑱長鑱白木柄，我生托子以為命。
黃獨無苗山雪盛，短衣數挽不掩脛。
此時與子空歸來，男呻女吟四壁靜。
嗚呼二歌兮歌始放，鄰里為我色惆悵。

「鑱」即鋤頭，「黃獨」即野生山芋。天寒地凍中，杜大叔忍不住默默祈禱：長鑱啊長鑱，我老杜一家可全靠你活命了，你可一定要給力啊！

可惜，冬天黃獨無苗可尋，山雪又盛，能不能挖到，純屬碰運氣。此時的杜大叔還衣不蔽體，褲子拽來拽去也拉不到腳踝處，寒風瑟瑟中，挖了半天，愣是啥也沒挖到。攥著長鑱空手而歸，還沒進門，就聽到家裡男女老少餓到呻吟不止，左鄰右舍也嘆息連連……

理想和現實的巨大差距，讓杜大叔的身心飽受摧殘，曾經雄心壯志想要「致君堯舜上」，可科舉有小人擋道，職場無伯樂相助，到現在幾乎淪為山谷野人、亂世乞丐。試問盛唐的詩人中，又有哪一個會落魄到如此境地？

大叔表示真的很受傷：為什麼?生活給我的巧克力，每一顆都是苦的啊?!

老天爺：「子美呀，天將降大任於斯人也，必先……」

杜甫：「滾！」

7.

對於杜大叔的疑問，幾十年後，中唐晚輩白居易曾在拜讀李白杜甫詩集後，一語道破天機：「天意君須會，人間要好詩。」（白居易《讀李杜詩集因題卷後》）

沒錯，讓你吃苦受罪，是為了讓你寫出好詩啊！旅食京華，窮愁潦倒、衣食維艱，因此在盛唐詩人中，你才能最早從盛世的繁華浪漫中游離出來，開始以敏銳的目光探索社會之隱疾，書寫出一篇篇沉鬱頓挫的現實主義力作。

例如，天寶年間唐王朝邊境戰事不斷，這在時人眼中也許是國力強盛的表現，你卻已看到民間凋敝、人悲鬼哭的淒慘景象：

—**兵車行**—

車轔轔，馬蕭蕭，行人弓箭各在腰。
爺娘妻子走相送，塵埃不見咸陽橋。
牽衣頓足攔道哭，哭聲直上干雲霄。
道旁過者問行人，行人但云點行頻。
或從十五北防河，便至四十西營田。
去時里正與裹頭，歸來頭白還戍邊。

邊亭流血成海水，武皇開邊意未已。
君不聞，漢家山東二百州，千村萬落生荊杞。
縱有健婦把鋤犁，禾生隴畝無東西。
況復秦兵耐苦戰，被驅不異犬與雞。
長者雖有問，役夫敢申恨？
且如今年冬，未休關西卒。
縣官急索租，租稅從何出？
信知生男惡，反是生女好。
生女猶得嫁比鄰，生男埋沒隨百草。
君不見，青海頭，古來白骨無人收。
新鬼煩冤舊鬼哭，天陰雨濕聲啾啾。

天寶八載（七四九年），大唐攻取吐蕃石堡城，士卒死者數萬。天寶十載（七五一年），楊國忠發動南詔戰爭，士卒亦傷亡慘重，以致「千去不一回，投軀豈全生」。

對這些漠視將士生命的黷武之戰，你是堅決反對的。此詩可說是集中體現了你對家國時局的憂思、對百姓生命的尊重，以及內心深厚的悲憫情懷。

楊氏兄妹曲江春遊、宴遊無度，這在時人眼中也許是歌舞昇平、花團錦簇的象徵，可你卻看到了奸臣弄權、外戚亂政的徵兆：

——麗人行——

三月三日天氣新，長安水邊多麗人。
態濃意遠淑且真，肌理細膩骨肉勻。
繡羅衣裳照暮春，蹙金孔雀銀麒麟。
頭上何所有？翠微盍葉垂鬢脣。
背後何所見？珠壓腰衱穩稱身。
就中雲幕椒房親，賜名大國虢與秦。
紫駝之峰出翠釜，水精之盤行素鱗。
犀箸厭飫久未下，鸞刀縷切空紛綸。
黃門飛鞚不動塵，御廚絡繹送八珍。
簫鼓哀吟感鬼神，賓從雜遝實要津。
後來鞍馬何逡巡，當軒下馬入錦茵。
楊花雪落覆白蘋，青鳥飛去銜紅巾。
炙手可熱勢絕倫，慎莫近前丞相嗔！

此詩作於天寶十二載（七五三年），從一個角度反映了安史之亂前夕的社會現實。詩分三段：先以工筆重彩描摹了遊春仕女的嫺美容態和華麗服飾，引出主角楊氏姊妹的嬌豔姿色；次寫宴飲佳餚的名貴及所得的寵幸；末寫楊國忠之權勢熏天。全詩場面宏大，鮮豔富麗，筆調細膩生動，諷刺含蓄不露，「無一刺譏語，描摹處語語刺譏；無一慨嘆聲，點逗處聲聲慨嘆。」

—石壕吏—

暮投石壕村，有吏夜捉人。
老翁逾牆走，老婦出門看。
吏呼一何怒！婦啼一何苦！
聽婦前致詞：三男鄴城戍。
一男附書至，二男新戰死。
存者且偷生，死者長已矣！
室中更無人，惟有乳下孫。
有孫母未去，出入無完裙。
老嫗力雖衰，請從吏夜歸。
急應河陽役，猶得備晨炊。
夜久語聲絕，如聞泣幽咽。
天明登前途，獨與老翁別。

黑夜給了你黑色的眼睛，你卻用它看見了安史之亂中老翁別老嫗的淚水，新婦送征夫的牽掛，戰士無家歸的荒涼，所以後世有了「三吏」「三別」這些蒼涼悲憫的歷史畫卷！

——**春望**——

國破山河在，城春草木深。
感時花濺淚，恨別鳥驚心。
烽火連三月，家書抵萬金。
白頭搔更短，渾欲不勝簪。

被困長安，眼見曾經繁華喧鬧的帝都斷垣殘壁、滿目瘡痍，你痛心疾首寫下了這首「不會背不是中國人」的千古大作。

——**月夜**——

今夜鄜州月，閨中只獨看。
遙憐小兒女，未解憶長安。
香霧雲鬟濕，清輝玉臂寒。
何時倚虛幌，雙照淚痕乾。

被叛軍所俘，與妻兒天各一方，音訊兩絕。

清輝滿地的秋夜，你想到妻子肯定也在千里之外望月垂淚，為自己生死未卜而牽掛。

於是你寫下了這首夫妻情深、感人肺腑的《月夜》。

此詩歷來被各代詩評家讚嘆構思新奇——

不寫自己在長安月下牽掛妻兒之狀，而是將詩從對面寫來，想像身在鄜州的妻子如何望月思夫。

其實，我懂你之所以會如此下筆，絕非只憑技巧為之，而是自然而然地，發乎真情。

——**贈衛八處士**——

人生不相見，動如參與商。
今夕復何夕，共此燈燭光。
少壯能幾時，鬢髮各已蒼。
訪舊半為鬼，驚呼熱中腸。
焉知二十載，重上君子堂。
昔別君未婚，兒女忽成行。
怡然敬父執，問我來何方。

問答未及已，兒女羅酒漿。
夜雨剪春韭，新炊間黃粱。
主稱會面難，一舉累十觴。
十觴亦不醉，感子故意長。
明日隔山嶽，世事兩茫茫。

老友重逢，敘舊嘮嗑，本是尋常情境，可為何到了你的筆下，卻令人唏噓無限，幾欲淚目？

因為那是烽火亂世、滄桑巨變中的重逢啊！這一夕的溫馨之感，是兵荒馬亂的世道中多麼難得的美好時刻。

明日隔山嶽，世事兩茫茫——從此之後，你確實再也沒能回到家鄉洛陽，這首詩既是相聚也是訣別。

——**月夜憶舍弟**——

戍鼓斷人行，秋邊一雁聲。
露從今夜白，月是故鄉明。
有弟皆分散，無家問死生。
寄書長不達，況乃未休兵。

戰亂阻隔，手足分散，一句「月是故鄉明」，一千多年來，打動多少遊子的心？

——絕句——

兩個黃鸝鳴翠柳，一行白鷺上青天。
窗含西嶺千秋雪，門泊東吳萬里船。

都說熟悉的地方沒有風景。

半世苦難漂泊的你，卻分外珍惜在成都的安閒時光，把家門口的尋常景色，都勾勒成了國家級旅遊景點的動態水墨畫。

任何不能摧毀你的東西，都只會讓你變得更強大。

是的，苦難磨練出你登峰造極的藝術才能。

你寫什麼幾乎都能寫到最好，不管什麼題材，不管何種情感，只要你杜大叔一出手，立時臻於化境。

在詩歌全盛、高手林立的唐詩江湖中，杜大叔在苦難中不屈不撓，博採眾長，別人走過的路他走，別人沒走過的路他也走，最終默默走出了一條屬於自己的康莊大道！

一個自成一格、笑傲詩壇的集大成者，已現端倪。

8.

—江村—

清江一曲抱村流，長夏江村事事幽。
自去自來堂上燕，相親相近水中鷗。
老妻畫紙為棋局，稚子敲針作釣鉤。
但有故人供祿米，微軀此外更何求。

回到之前。

在同谷待不下去後，大叔一家暴走四川，來到天府之國混飯吃。有好友在四川為官，大叔背靠大樹好乘涼，終於迎來一段難得的安閒時光。感謝天，感謝地，感謝命運，我們的杜大叔終於可以喘口氣了！日子安定，眼中萬物也都變得美好生動起來：

- 圓荷浮小葉，細麥落輕花。
- 細雨魚兒出，微風燕子斜。
- 遲日江山麗，春風花草香。

•留連戲蝶時時舞，自在嬌鶯恰恰啼。

有時，一場悄然而來的夜雨，也能帶給他無限喜悅：

—春夜喜雨—

好雨知時節，當春乃發生。
隨風潛入夜，潤物細無聲。
野徑雲俱黑，江船火獨明。
曉看紅濕處，花重錦官城。

偶有朋友不期而至，他便歡天喜地，還要拉上鄰舍老翁作陪，大家歡快暢飲、忘懷世事：

—客至—

舍南舍北皆春水，但見群鷗日日來。
花徑不曾緣客掃，蓬門今始為君開。
盤飧市遠無兼味，樽酒家貧只舊醅。
肯與鄰翁相對飲，隔籬呼取盡餘杯。

後來，聽到叛亂平定，狂喜之下更揮灑出了有「生平第一快詩」之稱的《聞官軍收河南河北》：

劍外忽傳收薊北，初聞涕淚滿衣裳。
卻看妻子愁何在，漫卷詩書喜欲狂。
白日放歌須縱酒，青春作伴好還鄉。
即從巴峽穿巫峽，便下襄陽向洛陽。

一句「白日放歌須縱酒，青春作伴好還鄉」，可謂快意已極，即便放在李白詩集中，亦可說是毫無違和感。

所以說，不要天天只給我們杜大叔扣「現實主義偉大詩人」的帽子，什麼浪漫主義、山水田園，大叔只要想寫，水準也是高出天際呢！

當然，「許身一何愚，竊比稷與契」的杜大叔並未就此沉浸在一己之樂中，時刻以家國為念的他，初到成都便去拜謁武侯祠，尋幽憑弔：

——**蜀相**——

丞相祠堂何處尋？錦官城外柏森森。
映階碧草自春色，隔葉黃鸝空好音。

三顧頻煩天下計，兩朝開濟老臣心。
出師未捷身先死，長使英雄淚滿襟。

這首詠史懷古的著名七律，表面看是抒發對三國名臣諸葛亮才智品德的崇敬和功業未遂的感慨，其實又何嘗不是在映照現實——彼時，安史之亂尚未平定，國家分崩離析，民不聊生，令杜大叔憂心如焚。他多麼渴望此刻能有忠臣賢相匡扶社稷，扭轉乾坤，恢復國家的和平與統一呢？

不僅如此，就算偶爾遭遇屋頂被風吹跑的小插曲，杜大叔也會立刻聯想到全天下忍飢受凍的窮苦大眾，甚至為了他人的安寧幸福，甘願以一己之身擔起所有苦難：

——茅屋為秋風所破歌——

八月秋高風怒號，卷我屋上三重茅。茅飛渡江灑江郊，高者掛罥長林梢，下者飄轉沉塘坳。南村群童欺我老無力，忍能對面為盜賊。公然抱茅入竹去，脣焦口燥呼不得，歸來倚杖自嘆息。俄頃風定雲墨色，秋天漠漠向昏黑。布衾多年冷似鐵，嬌兒惡臥踏裡裂。床頭屋漏無乾處，雨腳如麻未斷絕。自經喪亂少睡眠，長夜沾濕何由徹！安得廣廈千萬間，大庇天下寒士俱歡顏，風雨不動安如山！嗚呼！何時眼前突兀見此屋，吾廬獨破受凍死亦足！

詩的結尾杜大叔在床頭屋漏、秋雨難眠的窘迫境遇中依然推己及人，直抒「安得廣廈千萬間，大庇天下寒士俱歡顏」的偉大宏願。情緒激越軒昂，一句「吾廬獨破受凍死亦足」閃爍出無比耀目之光芒，代表著大叔思想所達到的最高境界——與三百年後范仲淹的「先天下之憂而憂，後天下之樂而樂」可謂曲異而工同。何等崇高之精神，何等博大之胸襟也！

北宋蘇軾曾云：古今詩人眾矣，而杜子美為首，豈非以其流落飢寒，終身不用，而一飯未嘗忘君也歟？

雖「一飯未嘗忘君」，但整體來說，杜大叔在成都的日子，是美好的。

然而，幸福的時光對大叔總是特別的吝嗇——幾年後，四川的高官朋友相繼去世，成都的生活也變得難以為繼。

江碧鳥逾白，山青花欲燃。
今春看又過，何日是歸年？

七六五年春，大叔一家順江而下，希冀返鄉，漂泊中又有名篇面世：

——**旅夜書懷**——

細草微風岸，危檣獨夜舟。

星垂平野闊，月湧大江流。
名豈文章著，官應老病休。
飄飄何所似，天地一沙鷗。

至此，大叔寫詩的功力已然橫逆不可當，語句錘鍊到極致啊！古往今來，多少人是跪著讀完這篇的……（反正我是讀一次跪一次的。）尤其第二聯，歷來為人所稱道。星空低垂更見平野廣闊，大江奔騰方顯月隨波湧，如此雄渾闊大的景象，更襯托出大叔心中無盡的落寞淒涼。晚年再度漂泊，心中辛酸，可見一斑。

9.

行至夔州，老病纏身，無力前行，就此客居三年。此時，五十多歲的大叔已深受肺病、風濕、風痹等疾病侵襲，耳聾齒落，風燭殘年。

又是九九重陽節，兩鬢霜雪的杜大叔，獨自登上白帝城外的高台。深秋時節，山川綿延蕭瑟，天空遼闊，晚風獵獵而過。山谷中群猿哀嘯，沙渚上飛鳥還巢，漫山遍野的枯葉隨風紛揚而下，滾滾東逝的江水從不曾為誰而停留……
獨處悠悠天地之間，回首往昔，壯年漫遊時的瀟灑不羈，長安求職的困頓蹉跎，烽火亂世的心驚膽戰，西南漂泊的遊子之思，剎那間齊聚而來。千般滄桑，萬種感慨，匯集一處凝成了一首「古今獨步，七言律詩第一」的曠世之作：

——登高——

風急天高猿嘯哀，渚清沙白鳥飛回。
無邊落木蕭蕭下，不盡長江滾滾來。
萬里悲秋常作客，百年多病獨登台。
艱難苦恨繁霜鬢，潦倒新停濁酒杯。

這一生，我終究沒能實現夢想。我多想再回到洛陽和長安。在那裡，我曾揮灑青春，放飛理想……是啊，葉落歸根，樹猶如此，人何以堪？
出發，返鄉！
七六八年初，大叔一家乘舟出峽再次上路。但由於時局依然混亂，之後的兩年間，投靠無門，故鄉難歸。一家人以船為家，如浮萍般在江河中困頓飄零。

昔聞洞庭水，今上岳陽樓。

吳楚東南坼，乾坤日夜浮。
親朋無一字，老病有孤舟。
戎馬關山北，憑軒涕泗流。

就是在這期間，杜大叔登上洞庭湖畔的岳陽樓，眺望著波濤浩渺的湖面，吟出了這首被後人譽為盛唐五律第一的《登岳陽樓》。自身的生活已是「親朋無一字，老病有孤舟」，而令他涕淚縱橫的卻是國家還在遭受戰火的侵襲，人民依然流離失所，災難深重……

為什麼有的人偉大，因為在他們心中，從來不只有自己。

10.

七七〇年冬，洞庭湖一葉風雨飄搖的小船上。

杜大叔帶著無盡的遺憾，迎來了生命的終點。至死他沒能回到闊別多年的故鄉洛陽，也沒能回到寄託畢生理想的帝都長安。一代詩聖就這樣默默地逝去了。陪伴他的，只有靜靜的洞庭湖水，無聲拍打著船舷。

飄飄何所似，天地一沙鷗。

有人說，杜甫活了五十九歲，卻好像活了兩百歲。他一生經歷，幾乎濃縮了個體生命所能禁受的全部苦難。是的，這一生他的苦難和遺憾實在太多，一心想要匡扶社稷，卻總是身處江湖之遠；不能兼濟天下，卻也未能獨善其身，半世窮困漂泊，深愧妻子兒女；就連這輩子最驕傲的「詩是吾家事」，活著的時候，也沒能躋身一流作家的行列……百年歌自苦，未見有知音。

11.

杜甫去世四十三年後，杜甫之孫杜嗣業終於有能力將他遷葬回河南老家，並邀請當時的大文豪元稹為他寫墓誌銘。不經意間翻開大叔沉寂的詩卷，元稹瞬時驚為天人：天啊，這個人簡直是神一樣的存在！

在他筆下居然沒有什麼是不能寫成詩的，大自家國天下，小至一餐一飯，巨如山川日月，微如草木蟲魚，甚至問別人要東西都是寫詩的！

一千五百首詩篇包羅萬象，應有盡有，精雕細琢卻又渾然天成！不僅在內容上是這樣，就連形式、技法、風格也是如此，兼容並包，博大精深。

這是一個用生命在寫詩的偉大的人啊！

抑制不住內心的崇拜之情，元稹提筆揮毫：

> 上薄風騷，下該沈宋，言奪蘇李，氣吞曹劉，掩顏謝之孤高，雜徐庾之流麗，盡得古今之體勢，而兼人人之所獨專矣。
>
> 詩人以來，未有如子美者。

此論一出，另外識貨的兩位中唐大咖也憋不住了：

> 獨有工部稱全美，當日詩人無擬論。——韓愈《題杜工部墳》
>
> 李杜文章在，光焰萬丈長！——韓愈《調張籍》
>
> （杜詩）貫穿今古，覼縷格律，盡工盡善。——白居易《與元九書》

及至晚唐，李、杜齊名已成詩壇共識，且大叔之作在當時已獲「詩史」之譽：

> 命代風騷將，誰登李杜壇？少陵鯨海動，翰苑鶴天寒。——杜牧
>
> 李杜操持事略齊，三才萬象共端倪。——李商隱
>
> 杜逢祿山之難，流離隴蜀，畢陳於詩，推見至隱，殆無遺事，故當時號為「詩

史」。——孟棨

三百年後，北宋蘇軾云：

杜子美詩，格力天縱，奄有漢、魏、晉、宋以來風流，後之作者，殆難復措手。

其又云：

子美之詩，退之之文，魯公之書，皆集大成者。

蘇軾弟子秦觀亦緊隨恩師步伐，對大叔花式稱讚：

杜子美之於詩，實積眾家之長，適當其時而已。昔蘇武、李陵之詩，長於高妙；曹植、劉公幹之詩，長於豪逸；陶潛、阮籍之詩，長於沖淡；謝靈運、鮑照之詩，長於峻潔；徐陵、庾信之詩，長於藻麗。於是杜子美者，窮高妙之格，極豪逸之氣，包沖淡之趣，兼峻潔之姿，備藻麗之態，而諸家之作所不及焉。

改革家王安石甚至將杜甫之詩歌地位置於李白之上：

白之歌詩，豪放飄逸，人固莫及，然其格止於此而已，不知變也。至於甫，則悲歡窮泰，發斂抑揚，疾徐縱橫，無施不可。故其詩有平淡簡易者，有綺麗精確者，有嚴重威武若三軍之帥者，有奮迅弛驟若泛駕之馬者，有淡泊閒靜若山谷隱士者，有風流蘊藉若貴介公子者。蓋其詩緒密而思深，觀者苟不能臻其閫奧，未易識其妙處，夫豈淺近者所能窺哉！此甫所以光掩前人，而後來無繼也。

一千多年後。

魯迅說：「我總覺得陶潛站得稍稍遠一點，李白站得稍稍高一點，這也是時代的使然。杜甫似乎不是古人，就好像今天還活在我們堆裡似的。」

聞一多說：「杜甫是四千年文化中最莊嚴、最瑰麗、最永久的一道光彩！」

余秋雨說：「人世對他，那麼冷酷，那麼吝嗇，那麼荒涼；而他對人世卻完全相反，竟是那麼熱情，那麼慷慨，那麼豐美。這就是杜甫。」

是的，集大成者的偉大和光芒，恰如沙中之金，往往是在時間長河的漫長滌蕩中顯現出來的，且愈經磨洗愈加燦爛奪目。

所以，大叔別遺憾，時光是你最好的知音。

掌聲可能會遲到，但從不會缺席。你，最終和李白並肩站在了唐詩江湖的最高峰，並以一人之力獨摘「詩史」「詩家詩祖」「詩聖」三頂古代詩歌史上至高無上之桂冠，掣鯨碧海，雄視百代。千秋萬世名！

周公子每期一問

第一季

第五集

韓愈

勇往直前、炮火全開的酷大叔

1.

唐，貞元十一年（七九五年），二十八歲的韓愈很焦慮。

自己進士登科有三年了，卻仍無一官半職在身。長安米貴，居大不易，房租欠下幾個月了，信用卡也早已刷爆，今天又是這個月第三次被宰相家的門衛轟到大街上了。

看看身邊的同齡人，比自己小四歲的劉禹錫已是太子校書，小五歲的柳宗元也已入職秘書省，自己卻仍是窮愁潦倒的布衣，怎不令人憂急如焚？

失魂落魄地走在帝都最為繁華的東市大街上，耳邊盡是騾馬鼎沸、老幼喧呶之聲，目及則一片市井縱橫、萬瓦鱗次之象。

一瞬間，韓愈忽覺淒苦之感從未如此深重：偌大一個長安城，千門萬戶，竟無我韓退之立錐之地……

正恍惚間，突聞一陣馬蹄聲響，幾名錦衣差人疾馳而來，為首者高聲喝道：「金吾衛奉命護送祥瑞之物入宮，閒雜人等且速避讓，如有衝撞，無可輕恕！」

言罷，人群倉皇退避，且個個低眉垂首，莫敢逼視，深恐得罪了官家而橫生枝節。

唯韓愈在推搡擁擠中倔強挺立，橫眉冷目：

「哈，所謂的祥瑞之物竟不過是兩隻白羽禽鳥而已，卻得如此聲勢！」

心下憤然之際，手持金絲籠的差人正縱馬從其身旁掠過，籠中的兩隻白鳥神態倨傲地對著韓愈一陣嘰嘰喳喳，彷彿也在譏笑著他的落魄——你這個 loser（失敗者），不服憋著！

2.

韓愈怒了。

回到城郊簡陋的租屋，他大力擠出最後幾滴墨汁，執筆狂書，洋洋灑灑寫下一篇《感二鳥賦》。

中心思想基本可以概括為「世道變壞，是從人不如鳥開始的」——文中歷陳自己「讀書著文，自七歲至今，凡二十二年」卻「曾不得名薦書、齒下士於朝，以仰望天子之光明」的辛酸歷程，對比二鳥「惟以羽毛之異，非有道德智謀」卻得以「蒙恩而入幸」的鮮明反差，大泄胸中孤憤。

然而，短暫的創作快感褪去後，強烈的無力感卻如潮水般湧來：

「是啊，文章固然寫得痛快，可又能改變什麼呢？自己明天依然要捲起鋪蓋，滾出長安……」

沒有誰，會在乎一個弱者的憤怒。

長安的最後一夜，韓愈輾轉反側，難以成眠。望著屋頂破洞外的點點星光，他不懂上天緣何要對自己涼薄至此——二十八年來，自己有哪一天不是在艱難困苦，貧賤憂戚中苦苦煎熬？

自發蒙讀書以來，無日不兢兢業業，焚膏繼晷，口不絕吟於六藝之文，手不停披於百家之編。然旅食京師十載，卻依舊投靠無門，仕進無路！

自忖不曾行差踏錯，人生卻為何從無轉機?!

明日無功而返，將以何面目去見含辛茹苦的老嫂子？又該怎麼迎接一向對自己崇拜有加的侄兒韓老成的殷殷目光？

五內雜陳，紛亂思緒中，往事隨同夜色將韓愈緊緊包裹。

3.

七六八年，韓愈出生於一個普通的官宦世家。遠祖雖也不乏封侯拜相之能人，但到了爺爺、老爹這兩輩，已然官小名微，家世衰落。

大家都知道，唐代門第觀念十分重，比如姓李的無一例外都說自己是隴西李氏（李白、李賀、李商隱），姓杜的則一概講自己出自京兆杜氏（杜甫、杜牧，不過這兩位的確名副其實）。

而中唐的一眾詩人，家世普遍都比較一般。為了不給科舉考試及婚姻仕途扯後腿，劉禹錫謊稱自己是中山靖王劉勝之後，白居易則認秦國大將白起做祖宗，紛紛往自己臉上貼金。

韓愈也沒能例外，說自己出身昌黎韓氏，所以人稱韓昌黎。其實在我看來，比起這些虛無縹緲的郡望頭銜，韓愈家世中更值得驕傲和顯擺的，顯然應該是以下資訊——韓氏家族曾與李白有過密切交集。

是的，你沒看錯，我講的就是盛唐一哥：李太白！

至於具體是何交集，且讓我們一起回到西元七五七年。

話說這一年，咱們的李白同學時運不濟、命途多舛，因報國心切加入永王幕府而不幸淪為政治鬥爭的犧牲品，慘遭牢獄之災。

在流放夜郎前，他曾在武昌短暫逗留。

而當時的武昌縣令，正是韓愈的父親韓仲卿！彼時，韓愈老爸即將期滿卸任，因在職期間政績卓著，新上任的縣令及當地民眾便力邀李白為其作碑文一篇，以記功德。

嘖嘖，這咖位。（想當年，我們李大哥可是專為玄宗、貴妃寫詩填詞的頂級御用文人啊！）

在這篇《武昌宰韓君去思頌碑》中，李白描繪韓仲卿在任期間當地的民風是「惠如春風，三月大化」。

治安方面則是「奸吏束手，豪宗側目」；經濟民生上更是「此邦晏如，襁負雲集」，以至於短短兩年間，當地人口激增三倍……

整體對韓愈老爸的功績讚（吹）揚（噓）得可以說是面面俱到，不遺餘力了。

這已足夠令人豔羨了對不對？

可老韓家和李白的交集卻遠不止此！

韓愈的二叔韓雲卿和李大哥竟然還是一對喝酒擼串、親密無間的好哥們！至今，《李太白文集》中還躺著三首李大哥寫給韓雲卿的詩。

李大哥給愛他勝過愛自己的子美弟弟，也不過就寫了三首詩而已啊！我們再來看看詩的內容：

——**金陵聽韓侍御吹笛**——

韓公吹玉笛，倜儻流英音。
風吹繞鐘山，萬壑皆龍吟。
王子停鳳管，師襄掩瑤琴。
餘韻渡江去，天涯安可尋。

你看看，李大哥筆下的韓愈叔父風流倜儻，雅好絲竹，與放浪形骸的李大仙十分登對。（杜甫：寫我是「借問別來太瘦生，總為從前作詩苦」，寫人家就是「韓公吹玉笛，倜儻流英音」，寶寶的心好痛……）

後來分別之際，李白還為韓愈叔父準備了最愛的月下飲酒宴：

——**送韓侍御之廣德**——

昔日繡衣何足榮，今宵貰酒與君傾。
暫就東山賒月色，酣歌一夜送泉明。

想想吧，假設劉禹錫、白居易等中唐詩人能有機會見到李白，哪個不得恭恭敬敬地作個揖，然後無限仰慕地喊一句：前輩，久仰啊！

可我們韓愈同學不一樣，按照祖上的交情，人家是能撒嬌地搖著李白的手，親昵地來一句：「李叔，人家真的好喜歡你的詩喔！」

看到這兒，有沒有對韓愈油然生出一股羨慕嫉妒恨的情緒來?!其實大可不必。因為老韓出生時，李白已抱月而終六年了，他根本沒機會一睹詩仙風采。

列位看官可能要問了：「那想必韓愈應該會經常纏著家中長輩講述太白叔叔的故事吧？」

遺憾的是，就連這項福利，韓愈同學也沒享受到……

4.

在唐宋八大家裡，說韓愈是才華最高的，可能有人會不服（眼瞅某個眉州人的粉絲要鬧事：畢竟蘇東坡同學是舉世公認的五千年一遇之全才奇才），但要說老韓的命是最苦的，卻絕對毫無爭議。

他出生不到兩個月母親就去世了，不及三歲，老爹也撒手西去。此後，他由年長自己三十歲的兄嫂撫養。雖比爹媽隔了一層，但畢竟是親哥親嫂子，也不會差到哪裡去。

小韓愈就這樣在兄嫂的庇護下安然成人了嗎？

不存在的。

八大家裡命苦屬第一，你以為隨便說說的?!

十歲那年，厄運再次降臨。

哥哥韓會受被誅的宰相元載牽連，被遠貶韶州刺史（今廣東曲江，即盛唐宰相張九齡老家），結果抵任後不足兩年，便因憂憤過度而亡。至此，韓愈骨肉至親凋喪殆盡（雙親及三個兄長全部殞歿），唯一能相依為命的，就剩嫂子鄭氏和侄子韓老成了。

與寡嫂孤侄萬里跋涉，歷盡劫難。

好不容易扶柩返鄉後，本想依靠河南老家祖上的一點田產過活，偏逢中原戰火（藩鎮混戰），一家老小不得已又避走安徽宣城。

老韓的整個幼年就這樣不斷在悲傷和輾轉奔波中迴圈度過。在後來為侄子韓老成寫的祭文中，我們尚可一窺其當年的孤苦境地：

嗚呼！吾少孤，及長，不省所怙，惟兄嫂是依。中年，兄歿南方，吾與汝俱幼，從嫂歸葬河陽。既又與汝就食江南。零丁孤苦，未嘗一日相離也。

吾上有三兄，皆不幸早世。承先人後者，在孫惟汝，在子惟吾。兩世一身，形單影隻。嫂嘗撫汝指吾而言曰：「韓氏兩世，惟此而已！」——《祭十二郎文》

你看，父母兄長全去世了，子輩的就剩自己，孫輩的就剩侄子韓老成，兩世一身，形單影隻。

其嫂經常摟著幼子，指著韓愈，不無悽楚地說：「老韓家的香火，可就剩你們兩棵獨苗苗了呀！」

細心的讀者可能發現了，這是一篇……祭文。

是的，你沒猜錯，後來就連相依為命的侄子也走在了老韓前頭，壯年而亡。而當時韓愈還尚未出人頭地，也就是所謂的沒讓侄子過上一天好日子……哎，命苦到這分上，真的是黃連都不好意思說自己苦了。

5.

寄居宣城後，韓愈終於過了四、五年相對安定的生活。其間他潛心古訓，精研經史百家，「前古之興亡，未嘗不經於心也，當世之得失，未嘗不留於意也」，逐漸樹立了遠大的人生抱負。

> 我年十八九，壯氣起胸中。
> 作書獻雲闕，辭家逐秋蓬。
> ——《贈徐州族侄》

十數年的學海遨遊，讓韓愈壯懷激烈，對自己的才學與前途充滿信心。懷著一戰即捷的必勝把握，十九歲那年他辭別家人，開啟了長安逐夢之旅。他相信憑著自己的努力，一定可以很快在長安站穩腳跟，把嫂嫂與侄兒接來照顧，為國效力兼再振家業。

然而，正如拳王泰森所說：「每個人都有一個計畫，直到被一拳打到臉上。」韓愈很快被現實打得鼻青臉腫。先是科舉應試，一試而敗，再試再敗，三試三敗……（同時代的白居易、劉禹錫、柳宗元可都是一擊即中啊！）直到第四次才終於轉運，碰上了同為古文愛好者的主考官，得以金榜題名，揚眉吐氣！

雖然過程十分曲折，但二十五歲中進士在唐代絕對可以說是很年輕、很值得驕傲了！

難道上天就此開始憐惜老韓同學了嗎？天真了。在當時，進士通關後，還得跨過博學鴻詞科這道坎才能有官做。

結果——嘭！嘭！嘭！

生活又給了韓愈三記重拳，博學鴻詞科繼續三連敗……

6.

此時老韓已經以布衣之身在長安逗留了八、九年，無官無職，舉目無親，連最低限度的生活都難以維持。不論理想有多遠大，活下去永遠都是第一步。

逼不得已，韓愈開始直接給宰相寫自薦信，希冀可以用自己的滔滔文采逆天改命——第一封信，老韓著重講述了自己的坎坷遭遇：

四舉於禮部乃一得，三選於吏部卒無成。九品之位其可望，一畝之宮其可懷。

遑遑乎四海無所歸，恤恤乎飢不得食，寒不得衣，濱於死而益固，得其所者爭笑之，忽將棄其舊而新是圖，求老農老圃而為師。悼本志之變化，中夜涕泗交頤……

就不逐句翻譯了，這段話的大致意思是：我的科舉選官之路那叫一個坎坷，到現在還一官半職沒混到，吃不飽穿不暖，可憐得要死……即所謂的賣慘套路，博取一下同情分。

（千年之後，這一招依然是各大選秀節目中拉選票的必備殺手鐧，所謂太陽底下沒有新鮮事兒是也。）

結果宰相們顯然比選秀評委鐵石心腸多了，零回應。

韓愈不死心，又上一封，這次他開始講故事。他說，如果聽到有人遭了水災火災，周圍的人，不管是不是他的親人，哪怕是他的仇人，也會不假思索地伸出援助之手啊！因為受災的人命在須臾，情勢實在太危急啦！

言下之意：「我現在就是那個處於水深火熱中的人啊！宰相大大們，趕緊救救我吧！」

結果，再次零回應。

這下韓愈徹底惱了：「老子可是未來的百代文宗啊，你們是不是瞎了！」

於是劈哩啪啦又寫了第三封信，把宰相們劈頭蓋臉一頓罵：

愈聞周公之為輔相，其急於見賢也，方一食三吐其哺，方一沐三握其髮。

開篇一上來，韓愈就給宰相們搬出一個重量級的偶像人物：「人家周公吃一頓飯會三次吐出嘴裡的飯菜，洗一次澡會三次擰著濕漉漉的頭髮竄出來，為什麼呢？為的就是能及時見到賢能之士啊！」

為宰相們示範完接待人才的正確打開方式後，緊接著老韓筆鋒一轉，祭出一通疾風驟雨式的狂轟濫炸：

今閣下為輔相亦近耳。天下之賢才豈盡舉用？奸邪讒佞欺負之徒豈盡除去？四海豈盡無虞？九夷、八蠻之在荒服之外者豈盡賓貢？天災時變、昆蟲草木之妖豈盡銷息？天下之所謂禮、樂、刑、政教化之具豈盡修理？風俗豈盡敦厚？……

可是諸位宰相，你們呢？做到野無遺賢了嗎？奸佞之臣都清除了嗎？四海平定了嗎？八國來朝了嗎？禮樂法制健全嗎？國泰民安嗎？風俗淳厚嗎？風調雨順嗎?!……（百代文宗果然不是浪得虛名，這一通連珠炮，惹不起，惹不起……）

隨後老韓更直抒胸臆，將心中的不滿全盤傾瀉：

今雖不能如周公吐哺握髮，亦宜引而進之，察其所以而去就之，不宜默默而已也！

其實也不指望你們能像周公一樣吐哺握髮，但好歹也應該對人才援引盡到最起碼的責任吧？

像這樣三封信炸不出一個水花來，算幾個意思?!令人氣憤的是，韓愈這封言辭激烈的信，依然沒有換來三位宰相任何回應！

行，算你們狠。寫信不管用，那我就登門自薦，看誰槓過誰！

事實證明，此時的憤青老韓還完全沒有跟當權者叫板的資本。

懷著一腔憤懣走路帶風地來到宰相府門前，結果還沒踏上第一級石階，就被門衛轟到了三千米開外。

連去三次，直接被列入了黑名單（此處建議大家全體起立，為老韓的百折不撓獻上我們最熱烈的掌聲！）。

我們完全有理由相信，老韓最為人知的古文名篇《馬說》，就是出於這個『喪』就一個字，卻在我身上重複了無數次」的至暗時期：

——馬說——

世有伯樂，然後有千里馬。千里馬常有，而伯樂不常有。故雖有名馬，祇辱於奴隸人之手，駢死於槽櫪之間，不以千里稱也。

馬之千里者，一食或盡粟一石。食馬者不知其能千里而食也。是馬也，雖有千里之能，食不飽，力不足，才美不外見，且欲與常馬等不可得，安求其能千里也？策之不以其道，食之不能盡其材，鳴之而不能通其意，執策而臨之，曰：「天下無馬！」嗚呼！其真無馬邪？其真不知馬也！

這篇文章可以說完全是老韓長安十年求仕之旅的真實寫照，通篇都閃爍著八個大字：「懷才不遇，長官眼瞎！」

就這樣，能努力的都努力了，該爭取的都爭取了，老韓的長安逐夢之旅終究還是以一無所得、黯然離京而告終。

哎，寫到這裡真的很想穿越回去，對著韓同學東出長安的落寞背影喊一句：「加油啊老韓，黑夜縱然漫長，但光明終究會來到。」

你還會回來的！

7.

有沒有發現，如果要對老韓時乖運蹇的前半生做個總結，再沒有比孟子那句鼎鼎大名的勵志雞湯更恰當的了——來吧，讓我們一起大聲地朗讀出來：

「天將降大任於斯人也，必先苦其心志，勞其筋骨，餓其體膚，空乏其身，行拂亂其所為，所以動心忍性，曾益其所不能。」

嘖嘖，簡直是為我們老韓同學所量身訂做啊！那麼，該吃的苦也吃得差不多了，敢問老天都降了哪些「大任」在老韓身上呢？

首先，當然是人盡皆知的古文運動——也就是提倡古文、反對駢文的一種文化革新。

大家可能要問了，為啥要反對駢文？駢文多美、多有氣勢啊！比如王勃的《滕王閣序》，比如駱賓王的《為徐敬業討武曌檄》……

不可否認，駢文因為講求聲律鏗鏘及對仗工整，讀起來的確朗朗上口，韻律諧美。然美則美矣，由於過於遷就句式，堆砌辭藻，也很容易產生形式僵化、內容空虛之弊病。

而散文就不一樣了，質樸自由，格式不限，可天馬行空，自由發揮，而且更方便反映現實，表達思想。

當然了，老韓之所以要扛起文學復古的大旗，更深一層的動機乃是為了文以載道，復興儒學！

看出來了沒？所有的中唐詩人都有一個「中興大唐，再現盛世」的夢啊！

所以元白搞新樂府，反映民生艱辛；劉柳搞永貞革新，革除弊政；而老韓則把目光瞄準了文化復興——人心變了，風氣好了，大唐才能從根上重新煥發生機啊！

瞅瞅，我們老韓看問題是多麼深刻，目光是多麼長遠。但革新從來都是不容易的，不論政治還是文學。

8.

離開長安後，為謀生計，韓愈曾兩入幕府為地方節度使擔任掌書記，做些捉刀代筆的文職工作。直到六年後，才終於通過吏部篩選，得以重返長安，任職四門博士（類似大學講師），品級不高，亦無實權。

雖然素懷大志的韓愈對此並不甚滿意，但好在這份工作倒是利於自己傳播文學理念以及廣納門徒，擴大古文運動之聲勢。然而很快，韓愈就遇到了強烈的輿論阻力。

原來，自六朝到唐時的高門子弟，因可以世襲官職，所以漸漸都不再尊師重道。久而久之，甚至形成了一種年輕人恥於求師、前輩也恥於為師的不良風氣。

而韓愈出身寒微，進士考了四次才中，吏部篩選三次都沒通過，給宰相寫那麼多自薦信也都石沉大海，這樣一個普普通通的四門博士，竟敢學孔聖人為人師表、招納後生?!

簡直「豈有此理」。

韓愈「狂妄」的舉動，很快在京師引起極大震動，一些人先是驚訝不解，繼則群聚而罵。同為古文愛好者的柳宗元，曾在一篇文章中記述老韓當時被群起而攻之的「盛況」：

> 今之世，不聞有師，有輒嘩笑之，以為狂人。獨韓愈奮不顧流俗，犯笑侮，收召後學，作《師說》，因抗顏而為師。世果群怪聚罵，指目牽引，而增與為言辭。——《答韋中立論師道書》

處境可以說是很惡劣了，可我們老韓是誰啊！——老子什麼苦沒吃過，這點小風小浪算什麼！不僅堅持古文運動的決心毫不動搖，老韓還大筆一揮，又譜寫出一篇氣勢充沛、鞭辟入裡的千古名作《師說》，無懼流俗譏笑，大膽公開自己的觀點。

在這篇雄文中，韓愈一上來就開宗明義，立論鮮明，強調從師的重要性：

> 古之學者必有師。

緊接著解釋了教師的職責所在，以及人為什麼要求師：

師者，所以傳道受業解惑也。人非生而知之者，孰能無惑？惑而不從師，其為惑也，終不解矣。

嘖嘖，古往今來，對教師職責的描述多了去了，但有誰能做到像老韓一樣凝練精準：「傳道、授業、解惑。」區區六字便囊括殆盡。——一代文宗果然不是白叫的，放眼整個中唐文壇，筆力至此，就問你誰與爭鋒！

以極具洞察力的論點先聲奪人後，接下來老韓分三層從不同側面批判了當時社會恥於從師的不良風氣，層層頂接，邏輯嚴密。有力地批判了世人不懂尊師重道的愚蠢，論證了自己觀點的無比正確性。

以上部分暫不引述原文，咱們重點看一下其中閃爍著老韓無限智慧光芒和超前理念的教育觀、師生觀：

- 生乎吾前，其聞道也固先乎吾，吾從而師之；生乎吾後，其聞道也亦先乎吾，吾從而師之。
- 是故無貴無賤，無長無少，道之所存，師之所存也。
- 故弟子不必不如師，師不必賢於弟子。聞道有先後，術業有專攻，如是而已。

老韓說：「一個人能不能做老師，跟年紀大小和地位高低沒關係，只要他有本領，有見識，就可以為人師。而老師和學生的關係也是相對的，學生也可能某方面勝過老師：你教我畫畫，我教你下棋，大家教學相長，各展所長嘛。」

看看人家老韓這覺悟，以上見解不要說在當年極其大膽前衛，就算放在今天，像「弟子不必不如師，師不必賢於弟子」這種話，也可以說是相當先鋒了！

（老韓：呵呵，哥在唐代，是詩歌界裡散文寫得最好的；散文界裡思想最深邃的；思想界裡哥又是最懂教育的。就問你們服不服！）

9.

明朝第一牛人王陽明有句名言叫作：知行合一。

既然老韓搞古文運動是為了復興儒學，那除了文章功夫，行動上自然也要以身作則，身先士卒。

大家都知道，儒家的理念是「修身、齊家、治國、平天下」，通俗來說也就是要積極用世，努力為國家和人民做貢獻。當然，關鍵時刻拋頭顱、灑熱血也是必要的。

咱們來看看老韓具體是怎麼實踐的。

任職四門博士兩年後，韓愈被晉升為監察御史，與劉禹錫、柳宗元成為部門同僚。（不得不感慨：大唐真是文曲星遍地啊，一間辦公室裡就坐了三個名垂千古的大文豪！實在令人目瞪口呆……）

此時老韓已三十六歲，深感時不我待，於是一上任就搞出了大動靜，上表彈劾權勢熏天、皇親國戚的京兆尹（首都市長）李實！

事情是這樣的——李實，乃李淵十六子道王李元慶之四世孫。其人以寵臣自恃，剛愎自用，徇私枉法。貞元十九年（八〇三年），關中大旱，災民流離失所，連京城周圍都出現了饑荒。李實卻依然橫徵暴斂，還上報朝廷說，關中糧食豐收，百姓安居樂業。

親睹災民四處乞討，甚至賣房賣兒以納賦稅的韓愈痛心不已：「當官不為民做主，不如回家賣紅薯！」於是他奮筆疾書，在朝廷上下人人敢怒不敢言的情況下，充分發揮個人英雄主義，向皇上遞交了一份《御史台上論天旱人飢狀》，將受災情況如實反映，並力請減免災區賦稅。

結果，不僅沒有引起皇帝重視，反被一紙謫令貶往廣東連州（這是第二次廣東遊了，小時候跟老哥去過一遭）。

一腔赤誠卻換來兜頭一盆冷水，韓愈瞬時心如冰霜：

我心如冰劍如雪，不能刺讒夫，

使我心腐劍鋒折。
決雲中斷開青天，
噫！劍與我俱變化歸黃泉。
——《利劍》

再次被現實狠狠錘擊的韓愈，對復興儒學的荊棘之路，還有勇氣繼續走下去嗎？

必須的。我們老韓是誰？時刻以「大唐虐我千百遍，我待大唐如初戀」的儒家思想武裝自己的韓退之同學，非但沒有在後續的仕途中戰戰兢兢、如履薄冰，反而在身居高位、官運暢達之際又幹了一件逆龍顏、揭龍鱗的自殺式壯舉！

10.

讓我們把時光推進到元和十四年（八一九年）。

彼時韓愈五十二歲，早已從廣東旅遊歸來，並因淮西平叛之功（這光輝的一頁稍後再講），升任刑部侍郎（相當於現在的司法部部長，正四品）。而當時的憲宗皇帝因為實現了「元和中興」的小目標，心態空前膨脹。於是為了挑戰自我，他一咬牙，一跺腳，確立了一個無數帝王都追求過，成功率卻始終為零的終極目標：「朕要長生不老，千秋萬代！」

為了促進理想早日達成，憲宗計畫將法門寺的釋迦牟尼佛骨迎至宮中供奉，以求佛祖顯靈，奇蹟降臨。那麼大家要問了：「佛教在唐代本就極為盛行，這次活動又是皇帝帶頭發起，陣仗一定很大吧？」

呵呵，那怎麼能說是很大呢，那是相當大啊！那真是鑼鼓喧天，鞭炮齊鳴，紅旗招展，人山人海……上自王公貴族，下至黎民百姓，人人趨之若鶩，爭相頂禮膜拜！

有人為了給佛寺施捨錢財，不惜傾家蕩產；更有信徒為表達對佛祖之虔誠，將蠟燭放在頭頂和手臂點燃，燒傷也在所不惜……實在是——太太太狂熱了！

可奇怪的是，在這股人人「我為佛狂」的巨大浪潮中，有一個人卻不僅不為所動，反而目眥欲裂、怒不可遏：「好傢伙！人人都去信佛供佛了，誰來建設我巍巍大唐！」一個個都追求來世不管今生了，還怎麼發展經濟、增強國力，再現盛世風采?!

不能忍。

誰敢阻礙我韓愈復興儒學、重振大唐，老子的炮口就對準誰：神擋殺神，佛擋滅佛！於是，千古奇文《論佛骨表》就這樣誕生了。

在這封上呈皇帝的奏章中，韓愈簡直「膽大包天、自尋死路」到了極點，不信我們來看：

臣某言：「伏以佛者，夷狄之一法耳，自後漢時流入中國，上古未嘗有也。昔者黃帝在位百年，年百一十歲；少昊在位八十年，年百歲；顓頊在位七十九年，年九十八歲……帝舜及禹，年皆百歲。此時天下太平，百姓安樂壽考，然而中國未有佛也。」

文章一上來就歷數佛教未入中國時，上古君主長命百歲的美好案例以及中華大地國泰民安的祥樂之狀。接下來開始反向對比：

漢明帝時，始有佛法，明帝在位，才十八年耳。其後亂亡相繼，運祚不長。宋、齊、梁、陳、元魏已下，事佛漸謹，年代尤促。惟梁武帝在位四十八年，前後三度捨身施佛……其後竟為侯景所逼，餓死台城，國亦尋滅。事佛求福，乃更得禍。由此觀之，佛不足事，亦可知矣。

到漢明帝時，佛法才入中國，而漢明帝在位才十八年！明帝之後，更是天下大亂。後面那些朝代，越是迷信佛法的，越是短命鬼！只有梁武帝那傢伙在位時間還長點，其間更傾全國之力以侍佛祖。結果呢，還不一樣是國破身亡，而且死得特別慘！

這說明什麼呢？說明越想通過討好佛祖來求得福報，反而越會招致災禍啊！由此可見，求神拜佛根本什麼用都沒有！老闆，你趕緊醒醒吧！

接下來，還有好幾段類似「佛不足事，事佛有害」的慨然之論，篇幅關係，不再引述。我們直接拉到結尾看一下：

乞以此骨付之有司，投諸水火，永絕根本，斷天下之疑，絕後代之惑。使天下之人，知大聖人之所作為，出於尋常萬萬也。豈不盛哉！豈不快哉！佛如有靈，能作禍祟，凡有殃咎，宜加臣身，上天鑑臨，臣不怨悔……

意思是說，佛骨百無一用，還禍國殃民，我鄭重請求將此穢物水煮火燒，永絕後患！如果真有所謂的佛祖，能作祟降禍，那就讓一切報應都降到我韓愈一個人身上好了，老子絕不在怕的！

——你說這篇奏章，找不找死，要不要命!!!

皇帝奉迎佛骨是為了長生不老，老韓偏說越信佛的國君死得越早越慘（事佛求福，乃更得禍）！

皇帝追求長生不老，自然也是為了帝國基業長青，老韓偏說越是恭敬侍佛的朝代，越是光速滅國（事佛漸謹，年代尤促）！

皇帝把佛骨奉若神明、頂禮膜拜，老韓偏說佛骨是該水煮火燒的汙穢之物（投諸水火，永絕根本）！

嘖嘖，這力度已經完全不是常規的打臉模式了，而是直接把皇帝摁在地上使勁摩擦啊！一邊摩擦還一邊吼：

「老闆，你是不是傻，還指望一塊破骨頭就能保你長生不老？腦子不是一般的進水！」

——厲害了老韓，你這不是吃了熊心豹子膽，這是吃了原子彈啊！

都說唐朝詩人言論大膽，比如經常暗戳戳地諷刺一下皇帝啦，或者組團八卦人家祖宗的狗血愛情啦（大家不用猜了，說的就是唐玄宗和楊貴妃），但還真沒人敢越界犯上到老韓這種程度！有唐一代三百年，可能也就駱賓王罵武則天的那篇《代徐敬業討武曌檄》可堪一比，不過人家老駱那是明晃晃地公開造反，性質壓根就不一樣呀……

古語曰「一人立志，萬夫莫敵」，說的老韓沒錯了。

不過話說回來，這篇奏章寫得確實太犀利、太不留情面了，但凡是個要點臉、有點自尊心的人，看完都得翻臉沒商量，何況是高高在上的皇帝！所以我們完全可以想像，唐憲宗當時得氣哆嗦到什麼程度，好你個韓大炮！咒我早死，還祝我滅國，不砍了你，我這個皇帝還做什麼呀！

唐憲宗可不是說著玩玩，如果不是宰相裴度等一干大臣硬攔著，韓愈是絕對死翹翹了。

憲宗未能殺他洩憤，這口氣怎麼咽得下去？於是奮起一腳，把老韓踢到了廣東潮州。（是的，第三次廣東深度遊了。）

那首大氣磅礴、可直追老杜的著名七律《左遷至藍關示侄孫湘》，就是韓愈在被貶的路上立馬藍關，大雪寒天中寫給前來送行的侄孫的：

一封朝奏九重天，夕貶潮州路八千。
欲為聖明除弊事，肯將衰朽惜殘年！
雲橫秦嶺家何在？雪擁藍關馬不前。
知汝遠來應有意，好收吾骨瘴江邊。

前兩聯交代自己因言獲罪，貶官千里；第三聯即景抒情，而景闊情悲，蘊涵深廣，遂成千古佳句；尾聯則表骨肉之情，悲痛悽楚，溢於言表。

全詩融敘事、寫景、抒情為一爐，筆勢縱橫，境界雄闊。是老韓七律中的絕佳上品。誠如後人俞陛雲所評：「昌黎文章氣節，震鑠有唐，即以此詩論，義烈之氣，擲地有聲，唐賢集中所絕無僅有。」（《詩境淺說》）

11.

所謂「文死諫，武死戰」。

畢生以復興儒學、重振大唐為己任的韓愈，付出的努力遠不止以上。看似一介文人的他，還曾在平定藩鎮叛軍方面，立下赫赫戰功！

元和九年（八一四年），淮西節度使吳元濟反叛。次年，宰相裴度以相位出征討伐，韓愈任行軍司馬，相當於最高統帥部參謀長，可以說是很拉風了。那麼天天以筆為槍、各種打文字仗的老韓，到了真正的戰場上，還能一展從前的銳利風采嗎？

最終結果是：

這次出征平叛，表現最勁的，乃是裴度帳下的一員武將，名為李愬。他雪夜奇襲，攻敵不備，一舉生擒吳元濟，淮西之亂就此平定！但是，重點來了，在李愬向宰相報備此作戰計畫前，我們老韓也曾向裴度提出請求，希望能親率精兵奇襲蔡州！

看出來了沒，人家老韓也完全洞察到了這個出奇制勝的機遇。

只可惜他過往無帶兵經驗，故裴度權衡之下，最終將此任務交給了後來提出相同戰術的武將李愬。

雖未能親自帶兵擒賊，但由此窺見，老韓的勇氣與韜略，已可見一斑。如果你覺得以上還不足夠有說服力，那我們接著再來看看老韓人生的最後一次壯舉：奉詔宣撫鎮州。

那絕對是實打實的獨闖虎穴！

事情是這樣的，淮西之戰五年後，又有藩鎮發生兵變。而當時朝廷力有不逮，討伐並無勝算，便委派已從潮州下放歸來、正任兵部侍郎的韓愈前去安撫，類似所謂的「招安」。

當時局勢異常複雜，兵變成功的藩鎮將領氣焰囂張到了極點，老韓此行的危險係數相當高。在他出發後，白居易的好哥們元稹曾在皇帝跟前說：

「哎呀呀，派韓愈去好可惜喔！」

意思是老韓此行恰如羊入虎口，大概率有去無回。唐穆宗聽了也有些後悔，於是派人追上韓愈，交代說：「在邊境轉悠一圈，意思一下得了，不用真的進去，太危險啦！」結果老韓霸氣回曰：

「止，君之仁；死，臣之義，安有受君命而滯留自顧？」

意思是說，老闆不讓我進叛軍營地，那是老闆仗義，但為人臣子，受了君命，就該全力以赴，豁出性命也在所不惜，又豈可只顧個人安危？

於是，噌噌噌，策馬而入。憑著自己的滔滔辯才與強大氣場，最終老韓居然兵不血刃，圓滿完成任務！既照顧了朝廷的面子，又使萬千民眾免於戰火塗炭，可記一大功矣！

12.

當然，除了在政治舞台一往無前、為人生理想各種火力全開，文學創作上，人家老韓也是遍地開花，妥妥的宗師級人物。

有道是「韓柳文章李杜詩」。

散文方面，除了前文提到的《馬說》《師說》，其筆下還有序文、碑誌、祭文、狀、表、雜文等各類體裁，且均有佳作。至於其散文水準到底達到了何等高度，我們來看看唐宋八大家中幾個後世同組合成員的評價，即可了然於胸。

蘇洵有評：

> 韓子之文，如長江大河，渾浩流轉，魚黿蛟龍，萬怪遑惑，而抑絕蔽掩，不使自露，而人望見其淵然之光，蒼然之色，亦自畏避，不敢迫視。

曾鞏《雜詩》曰：

韓公綴文辭，筆力天乃授。並驅六經中，獨立千載後。

最後，我們再來看看某個重量級真愛粉是怎麼說的：

歐陽文忠公嘗謂晉無文章，惟陶淵明《歸去來》一篇而已。余亦以謂唐無文章，惟韓退之《送李愿歸盤谷序》一篇而已。平生願效此作一篇，每執筆輒罷，因自笑曰：不若且放，教退之獨步。——蘇軾《跋退之送李愿序》

把五千年第一全才蘇東坡都嚇到不敢動筆一較高下，老韓的散文到底有多牛，大家完全可以自行想像了。

散文牛到「文起八代之衰」，詩歌自然也不落人後。比如以下兩首清新可人的小詩，平淡雅麗，不輸盛唐風致：

—春雪—

新年都未有芳華，二月初驚見草芽。
白雪卻嫌春色晚，故穿庭樹作飛花。

這首絕句構思新穎，聯想奇妙，明明是詩人在翹首盼春，卻以「卻嫌」「故穿」兩句將白雪擬人化，亦莊亦諧，極富浪漫主義色彩。另一首則以細膩筆觸，描繪出一幅生機勃勃的早春麗景圖：

〈早春呈水部張十八員外二首・其一〉

天街小雨潤如酥，草色遙看近卻無。
最是一年春好處，絕勝煙柳滿皇都。

全詩明白如話，平淡卻不簡單，一句「草色遙看近卻無」堪稱絕妙，對早春時節的特點觀察之細緻，描摹之精準，實令人拍案叫絕。

此詩寫於鎮州宣撫之後，此時韓愈正站在個人仕途頂峰，文學方面早已堪稱一代文宗，復興儒學之大業亦卓有建樹。故雖年近花甲，卻不因歲月如流而悲傷，而是興致盎然地感受春之欣悅。

次年，五十七歲的韓愈在長安辭世，最高官至吏部侍郎，光輝一生落下帷幕。

13.

例行的最後評價。

坦白講，從前我並不太喜歡韓愈，總覺得他一副正襟危坐的道統先生面孔，古板又說教，無趣得很。還有他開拓的「以文為詩」和「奇崛險怪」的詩風，我也不是很喜歡。感覺都是想找新路子，但明顯李賀更成功。

而如今經過此番創作的深入磨合，我發現老韓已完全成為我的新晉人生偶像！其身上那份永不言棄、一往直前的巨大生命能量，實在太打動人了！

比如出身孤寒，卻不墜青雲之志，一生屢遭磨難，亦始終以愈挫愈勇、敢為人先的超凡膽氣劈波斬浪，銳意進取，最後終成大器——不僅成為中唐文壇上繼往開來、獨樹高峰的偉大文學家，更是從司馬遷到魯迅兩千年散文史上的第一人！也是有唐一代詩人中，絕無僅有的將文學家、政治家、思想家、教育家四種身分集於一身，且每一項都達到了相當高度的全能式人物。

他宣揚的古文運動，扭六朝之纖靡，開百代之新風，波瀾壯闊，意義深遠。誠如范文瀾先生在《中國通史簡編》中所述：

「古文直接產生小說傳奇，即短篇小說，而後產生俗講變文。短篇小說與俗講變文開出宋以後文學的新境界，諸如諸宮調、寶卷、彈詞、說話、戲曲、演義（章回小說）等等，追溯遠源，無不與唐古文密切關係。」

除卻文學層面的巨大貢獻，論人格魅力，韓愈亦足堪輝映千古：其一生禮賢下士，提攜人才，大力興辦教育；彈劾權貴、反對君主佞佛不惜以身家性命相搏；更曾臨危受命，孤身入虎穴……始終擎舉著道義的大旗，為自己、為百姓、為國家而戰，一路高歌，無所畏懼！

試問，如此德才兼備者，千古又有幾人?!滄海橫流，方顯英雄本色；青山矗立，不墮凌雲之志。

最後謹借其粉絲蘇軾之語，致敬其忠勇雙全、剛毅榮耀的一生：

- 匹夫而為百世師，一言而為天下法。
- 自東漢以來，道喪文弊，異端並起，歷唐貞觀、開元之盛，輔以房、杜、姚、宋而不能救。獨韓文公起布衣，談笑而麾之，天下靡然從公，復歸於正……
- 文起八代之衰，而道濟天下之溺；忠犯人主之怒，而勇奪三軍之帥！

周公子每期一問

老韓，你有個宋代粉絲，老狂了，一直叫囂說想寫篇文章壓倒你的《送李愿歸盤谷序》……
哪個兔崽子？
北宋頭牌……蘇軾……
哦，別人說是狂，他說就不是，那叫誠實！
嘖嘖嘖，果然是愛才敬才的一代文宗～

第一季

第六集

白居易

大唐詩壇第一有福人

1.

大唐元和年間，盩厔縣（今陝西周至）。

時值深秋，露重霜濃。縣衙旁的一幢民居內，一個三十多歲的男子正在挑燈夜讀，昏黃搖曳的燭光，將他的影子拉得很長很長。良久，他終於闔上書卷，封面上的幾個大字赫然入目——《李杜詩集》。

涼夜已深，男子竟毫無就寢之意，而是雙眼閃爍著熱切的光芒，鋪紙研墨，提筆揮毫——看來是閱讀激發了強烈的創作欲。一詩題畢，其神情卻忽然轉為落寞，起身踱至窗前，望著夜空中的一輪殘月，重重嘆了口氣：

「哎，好詩都被盛唐那幫傢伙寫盡了，生不逢時，哥還是洗洗睡吧……」

此時一陣夜風透窗而過，書案上的詩稿微微揚起，上面的字句墨痕未乾：

——**讀李杜詩集，因題卷後**——

翰林江左日，員外劍南時。
不得高官職，仍逢苦亂離。
暮年逋客恨，浮世謫仙悲。
吟詠流千古，聲名動四夷。

文場供秀句，樂府待新詞。
天意君須會，人間要好詩。

落款處，是一個在後世看來十分醒目的名字：白居易。

2.

白居易同學是個有追求的人，每一次翻閱《李杜詩集》，他的心中都有同一個聲音在迴響：我什麼時候可以寫出超越李杜的詩？畢竟，中唐時期頂尖的詩人都已作古，但民眾的詩歌鑑賞水準已經很高——群眾在等待，好詩不能停！

可浪漫主義早被李白寫盡，現實主義杜甫也已封神，山水田園有孟浩然、王維坐鎮，邊塞題材有高適、岑參、王昌齡、王之渙四大天王……一眾盛唐大咖雖然都已故去了有些年頭，卻留下了一座座難以逾越的詩壇高峰。留給後人的，除了望洋興嘆，就是高山仰止。

此時此刻，還有人能寫出大放異彩、比肩李杜的詩篇嗎？難，實在是太難了！除非有奇蹟發生。

3.

秉燭夜讀的第二天，白居易照常去上班，此時他三十五歲，任職盩厔縣尉。這一日，他人在縣衙，心在詩海，還在苦想冥思到底什麼樣的詩歌體裁和創作主題能夠一鳴驚人。正焦頭爛額間，好友陳鴻發來消息：「老白，明天仙遊寺門票半價，去不去耍？」

白居易回了一個字：「好。」在家憋不出來，出去走走也好，說不定還能激發點創作靈感——奇蹟就此有了誕生的可能性。第二日，天高雲淡，秋風颯爽，是個遊玩的好日子。好朋友在一起，除了遊山玩水，當然就是暢談古今了。聊著聊著，話題就轉到了五十年前的安史之亂，以及唐玄宗楊貴妃的愛情八卦。

這並非偶然，因為盩厔縣離貴妃喋血的馬嵬坡只有五十里，當地流傳著許許多多李楊愛情故事的神奇傳說。

唏噓感慨間，有個叫王質夫的同行朋友，突然用發現新大陸一般的眼神死死地盯著白居易，白居易不明就裡：「哥們，你瞅啥？」王質夫很激動：「哎呀呀，這是個多好的爆文題材啊，老白你詩技超群，又是個濫情種子……啊，不對，是癡情種子，濫情的是你哥們元稹，李楊的愛情故事很適合你啊！寫寫吧！」

聞聽此語，一瞬間，白居易猶如電擊：「對啊，李白寫實現自我的浪漫詩篇，杜甫寫憂國憂民的現實力作，那我就寫盪氣迴腸的愛情頌歌！」

4.

千古名作《長恨歌》，就此誕生了。

它婉轉曲折，纏綿悱惻，傳達了一個動人的愛情故事。裡面有對唐玄宗荒淫好色、疏於治國的含蓄批判：

雲鬢花顏金步搖，芙蓉帳暖度春宵。
春宵苦短日高起，從此君王不早朝。
承歡侍宴無閒暇，春從春遊夜專夜。
後宮佳麗三千人，三千寵愛在一身。

也有對楊貴妃天生麗質的經典刻畫：

回眸一笑百媚生，六宮粉黛無顏色。

春寒賜浴華清池，溫泉水滑洗凝脂。

通篇沒有一句正面的肖像特寫，卻讓讀者把想像發揮到了極致，你能想像貴妃有多美，那她就能有多美……高，實在是高！而占篇幅最多的，自然是李楊那刻骨銘心、超越生死的驚世愛戀：

蜀江水碧蜀山青，聖主朝朝暮暮情。
行宮見月傷心色，夜雨聞鈴腸斷聲。
……
夕殿螢飛思悄然，孤燈挑盡未成眠。
遲遲鐘鼓初長夜，耿耿星河欲曙天。

世間萬般情，唯有相思苦……而已飛升為上界仙女的楊貴妃，對昭陽殿中的恩愛之情，亦未曾有一日或忘：

含情凝睇謝君王，一別音容兩渺茫。
昭陽殿裡恩愛絕，蓬萊宮中日月長。
回頭下望人寰處，不見長安見塵霧。

惟將舊物表深情，鈿合金釵寄將去。
釵留一股合一扇，釵擘黃金合分鈿。
但教心似金鈿堅，天上人間會相見。
臨別殷勤重寄詞，詞中有誓兩心知。
七月七日長生殿，夜半無人私語時。

與其得道成仙，我更願與你生生世世、長相廝守。縱有千錯萬錯，而真情又何錯之有？世間又有誰不渴望忠貞不渝的愛情?!神作的最後，白同學更是借李楊的遭遇，道出了普天之下所有癡男怨女的共同心聲：

在天願作比翼鳥，在地願為連理枝。
天長地久有時盡，此恨綿綿無絕期。

這是一首注定要火的詩。神仙也攔不住。因為偉大的柏拉圖早就說過：「誰會講故事，誰就擁有世界。」

果不其然，此詩甫一問世，便廣為流傳，以迅雷不及掩耳之勢火遍大江南北，「天才！」「神作！」之聲不絕於耳，刷屏程度更是連當年的驚世之作《滕王閣序》也望塵莫及。大唐詩歌界也極其罕見地達成了一致共識——李白杜甫可以安息了，唐詩江湖，後繼有人！

面對鋪天蓋地的讚美聲，白居易卻保持了充分的淡定：這，只是一個小目標，離哥的終極理想還遠著呢……

5.

說起白居易的終極理想，就不得不介紹一下他的成長經歷。

七七二年，白居易生於河南新鄭。不得不說，文曲星真的太偏愛唐朝了，一個個前赴後繼、成群下凡，動不動還來個雙黃蛋——比如李白和王維是同年投胎，白居易和劉禹錫也是手把手一起來到人間。不過，選擇此時此地出生，只能說白居易的運氣並不怎麼好。當時的唐朝，藩鎮割據稱雄，打仗如同家常便飯——今天你打我，明天我打你，後天大家聯手打政府。而白居易的河南老家正是戰火紛飛的重災區，以至於白同學雖出生於基層公務員家庭，卻從小過著動盪不安、顛沛流離的困苦生活。

—**望月有感**—

時難年荒世業空，弟兄羈旅各西東。
田園寥落干戈後，骨肉流離道路中。
弔影分為千里雁，辭根散作九秋蓬。
共看明月應垂淚，一夜鄉心五處同。

上面這首著名的七言律詩，即是白居易早年飽經離亂之苦的真實寫照：手足分散，天各一方，五地望月，共生鄉愁。在如此環境下成長起來的白居易，目睹了戰爭的殘酷，聆聽過無數災民的哀號，也在兵荒馬亂中飽嘗家貧多故、飄零無助的苦痛，由此他默默立下了一生的志向：

我要成為一名偉大的「人民詩人」——「惟歌生民病，願得天子知」！

6.

理想是遠大的，道路是艱辛的。想要改變自身命運、站在更高平台上為勞苦大眾發聲，在古代有且只有一個辦法：好好學習，考取功名。

好在白居易從小就極具天才特質。

據他自己回憶，他出生才六、七個月，連話都不會說的時候，就能認識「之」和「無」這兩個字，且不管別人怎麼考，他總能準確地指認出來，屢試不爽。而更為難得的是，白居易不僅天賦異稟，後天的勤奮程度，也是常人所不能及：

晝課賦，夜課書，間又課詩，不遑寢息矣。以至於口舌成瘡，手肘成胝。既壯而膚革不豐盈，未老而齒髮早衰白；瞥瞥然如飛蠅垂珠在眸子中者，動以萬數，蓋以苦學力文之所致。——《與元九書》

意思就是說他白天作賦，晚上練字，中間還抽空寫詩，根本顧不上休息，長此以往則口舌生瘡，手肘起繭，最後更是未老先衰，頭白齒鬆，而且視力嚴重受損，眼前常常像有無數的蒼蠅在飛舞。

白居易用生命在學習的行為，充分證明了一句話：所謂天才，不過是百分之一的天賦加上百分之九十九的汗水。當然，作為學霸中的戰鬥機，白居易獲得的回報也是豐厚的，比如十六歲就寫出了家喻戶曉的《賦得古原草送別》：

離離原上草，一歲一枯榮。
野火燒不盡，春風吹又生。

遠芳侵古道，晴翠接荒城。
又送王孫去，萋萋滿別情。

其中「野火燒不盡，春風吹又生」一聯堪稱千古警句，而從題目中的「賦得」二字來看，這是一首應試之作——一首隨機的命題作文，小小年紀卻能如此兼具文采與深度，你說白居易是不是個天才？

接下來的日子，他也從未曾鬆懈，而是一路披荊斬棘，高歌猛進。

二十九歲高中進士，還是當中最風華正茂的一個——「慈恩塔下題名處，十七人中最少年！」，三十五歲譜就傳世名篇《長恨歌》，登上了人生第一個小高峰。乘著《長恨歌》的東風，才名暴增的同時，白居易同學也迎來了政治生涯的黃金期。

7.

八〇七年，白居易調任京城，第二年，正式任職左拾遺。

左拾遺是諫官，專門負責給皇帝提意見，可以說是相當適合當時的熱血中年白居易了！

所以一上崗，他就體現出了高度的職業責任感：「有闕必規，有違必諫，朝廷得失無不察，天下利病無不言！」

後面的事實證明，白居易不僅口號喊得響，貫徹力更是超一流。

當時的中唐政壇，最大的毒瘤莫過於藩鎮割據和宦官專權。所以白居易一上崗，就對這些禍亂朝綱的權豪重臣們進行了指名道姓、毫不留情地尖銳抨擊，而且動不動就是連環掃射，戰鬥力相當兇猛。

與此同時，白居易也敏銳地覺察到，眼下正是實現自己「為民代言」之詩歌理想的絕佳時機。

於是日吟夜唱、將繼承杜甫現實主義詩風的新樂府運動推向了最高潮。從此，上書抨擊加詩歌揭露，雙管齊下，效果倍增。

這期間，其傳唱最廣的作品，莫過於諷刺「宮市」政策搶掠百姓的《賣炭翁》：

賣炭翁，伐薪燒炭南山中。
滿面塵灰煙火色，兩鬢蒼蒼十指黑。
賣炭得錢何所營？身上衣裳口中食。
可憐身上衣正單，心憂炭賤願天寒。
夜來城外一尺雪，曉駕炭車輾冰轍。
牛困人飢日已高，市南門外泥中歇。

翩翩兩騎來是誰？黃衣使者白衫兒。
手把文書口稱敕，回車叱牛牽向北。
一車炭，千余斤，宮使驅將惜不得。
半匹紅綃一丈綾，系向牛頭充炭直！

全詩可謂淺顯易懂，字字泣血。

而這樣的詩篇白居易不是寫了一首兩首，而是一下子就向權豪們砸了幾十首，裡面有諷刺戰爭殘酷、人民為避免埋骨他鄉不惜自殘身軀的《新豐折臂翁》：

是時翁年二十四，兵部牒中有名字。
夜深不敢使人知，偷將大石捶折臂。

有揭露宦官驕奢淫逸、大肆鋪張，而民間卻正在發生「人食人」慘劇的《輕肥》：

食飽心自若，酒酣氣益振。
是歲江南旱，衢州人食人！

還有借田舍翁之口道出階級對立、貧富不均的《買花》：

一叢深色花，十戶中人賦！

而最令人欽佩的是，他在《杜陵叟》一篇中，居然連皇帝也沒放過：

十家租稅九家畢，虛受吾君蠲免恩。

意思就是說，皇帝下詔免收災區賦稅的時候，十家有九家已經交完了，白白讓假仁假義的皇帝占了個好名聲！

嘖嘖，如此勇氣，簡直能和前面炮轟憲宗佞佛的韓愈搞個「中唐膽大包天二人組」了。

六十篇火藥味十足的諷喻詩砸下來，取得的效果是相當顯著的——令權豪貴近者變色，扼腕，切齒！連皇帝大人也氣得吹鬍子瞪眼：「白居易小子，是朕拔擢致名位，而無禮於朕，朕實難奈。」

按照我個人有限的講故事經驗來看，矛盾激化到這種程度，如果還沒有小人出來給男主角挖陷阱、使絆子，那是不正常的。

所以友情提醒白居易同學：前方有坑，請繞行！

8.

八一四年，白居易官升太子左贊善大夫，官級正五品（左拾遺是正八品）。連升數級，他卻相當不開心。

因為這是一個無事可做的東宮閒職。皇帝和權臣的意圖很明顯，給你升官，錢多事少離家近，這下總能堵住你的嘴了吧?!

天真，太天真！

像這種明升暗降的把戲，也就能糊弄一部分好吃懶做的人，對於有理想有追求的白同學來說，簡直就是一種侮辱！不過沒關係，真心想做事情的人，什麼位置也阻擋不了他們發光發熱。

很快，機會來了。

次年夏天，主張武力平藩的鐵血宰相武元衡，在早朝路上遇刺身亡、橫屍街頭（係地方藩鎮所為）。

堂堂一朝宰相竟然當街被殺，連頭顱都被割去，消息傳來，朝野震驚，百官惶恐。此時此刻，只有一個人迅速將憤怒轉為行動，不顧個人安危第一個站出來上書言事，極力要求朝廷「急請捕賊，以雪國恥」。

沒錯，此人正是東宮閒官白居易。

按照正常邏輯，白居易如此公忠體國、奮不顧身，大大的該賞對不對？

然而事實卻是，讚賞是沒有的，貶官是必須的。

因為權豪們已經深刻意識到：升官也好，閒職也罷，都是堵不住白同學的槍口的，今天敢越職上書捉拿刺客，明天就敢調轉槍口繼續掃射我們，必須要搞走他，不能再等了！

欲加之罪，何患無辭。

很快，政敵們就造謠說白居易老媽是看花墜井而亡，而白居易居然在母喪期間寫過賞花詩和新井詩，如此不遵孝道，簡直大逆不道！

這一招可說是無恥至極，因為在萬惡的舊社會，不孝的罪名是相當嚴重的，不孝就可能不忠，白居易就此被貶為江州司馬。忠而見謗，無辜獲咎，老白悲憤莫名：

- 宦途自此心長別，世事從今口不言。
- 面上滅除憂喜色，胸中消盡是非心。

簡而言之就是：世道太黑暗了，哥以後啥也不管了！

雖然老白很生氣，但我們還是要替他謝謝那幫小人們，沒有你們的齷齪，也就沒有另一篇千古絕唱的問世，感謝你們啊！

9.

被貶江州是白居易政治生涯中最大的挫折。

但好在江州屬上州，風土人情不惡，司馬一職雖是唐代一貫安置被貶官員的閒職，品級倒不算低（五品），養家糊口不成問題。跟同時代被貶到窮山惡水的劉禹錫、柳宗元等相比，尚屬幸運。

既是閒職，與其百無聊賴，便不如吟詩作賦。比如以下這首立意新穎、饒有情趣的《大林寺桃花》，即出於此時期：

人間四月芳菲盡，山寺桃花始盛開。
長恨春歸無覓處，不知轉入此中來。

果然，腳步慢一點，才能發現更多美。

轉眼到了第二年，某個深秋之夜，白居易到潯陽江頭送客，瑟瑟秋風中，楓葉荻花窸窣作響。別離，總是傷感的。黯然惆悵間，忽聞水上飄來一陣美妙的琵琶聲，竟是熟悉的京都樂曲，酷喜音律的白居易抑制不住內心的激動，循聲而去……

這是一個可以載入文學史冊的夜晚——一次偶然的邂逅，一曲深情的演奏，兩個淪落天涯的失意人，激發出一首號稱「千古第一音樂詩」的不朽絕唱《琵琶行》！

從來沒有人可以將抽象縹緲的音樂，描繪得如此出神入化：

輕攏慢撚抹復挑，初為霓裳後六么。
大弦嘈嘈如急雨，小弦切切如私語。
嘈嘈切切錯雜彈，大珠小珠落玉盤。
間關鶯語花底滑，幽咽泉流冰下難。
冰泉冷澀弦凝絕，凝絕不通聲暫歇。
別有幽愁暗恨生，此時無聲勝有聲。
銀瓶乍破水漿迸，鐵騎突出刀槍鳴。

此段以視覺寫聽覺，化無形為有形，完美再現了樂聲的抑揚頓挫、高低濃淡，縱有千年之隔，卻讓每一個讀者都如同身臨其境、親聞其聲。只此一段，《琵琶行》就已堪稱封神之作，更何況文中還有那麼動人心弦的一句話：

同是天涯淪落人，相逢何必曾相識。

原來，除了登峰造極的詩藝，白居易還有一顆閃閃發光的同情心。

是的，當我們身處困境時，陌生人的善意和同情，是我們生命中最溫暖的一束光。感謝白居易，給這份共鳴和情感一個如此美麗的定義。

有人說「真正的高貴不是超越他人，而是優於過去的自己」。白居易做到了。《琵琶行》在技術難度上全面超越《長恨歌》，從此老白雙璧在手，天下我有！放眼整個古詩詞圈，比這兩首文采好的沒這兩首長，比這兩首長的沒這兩首文采好。

名垂青史，頓成定局！

寫到這兒，對陷害白居易的小人們，也是十二分之同情，害人害成這樣，失敗，太失敗了！老白同學悠哉三年，兼得如此神作，簡直太賺了。

10.

曾國藩有個著名的人生三境論：少年經不得順境，中年經不得閒境，晚年經不得逆境。老白完美地避開了這些坑。他的人生節奏是：少年艱難，中年有為，晚年順遂。

三年的貶謫生涯結束後，有感於政治黑暗，朋黨傾軋，白居易主動要求外放為地方官：與其在朝堂之上鉤心鬥角，不如到地方上做點實事。此後他一路開掛，扶搖直上。其中最令人稱羨的，莫過於他曾連任蘇杭兩地刺史，在古代詩人中是獨一份。

上有天堂，下有蘇杭。提起杭州西湖，大家最先想到的句子，往往是蘇東坡的「欲把西湖比西子，淡妝濃抹總相宜」，但其實歌詠西湖的先河，始自人家白居易：

孤山寺北賈亭西，水面初平雲腳低。
幾處早鶯爭暖樹，誰家新燕啄春泥。
亂花漸欲迷人眼，淺草才能沒馬蹄。
最愛湖東行不足，綠楊陰裡白沙堤。

這首《錢塘湖春行》將春日西湖描繪得生機盎然、恰到好處，是老白寫景詩篇中的上乘之作。不過，我更喜歡的，還是他晚年回憶蘇杭兩地風光時，寫下的《憶江南》：

江南好，風景舊曾諳。
日出江花紅勝火，
春來江水綠如藍。

能不憶江南？

多少人是因了這首明媚如畫的小詞，而對江南魂牽夢縈、心馳神往？而最能反映老白晚年生活怡然的詩作，則莫過於這首言淺情深的《問劉十九》：

綠螘新醅酒，紅泥小火爐。
晚來天欲雪，能飲一杯無？

全詩信手拈來，毫無雕琢，卻傳遞出無比溫馨的生活氣息。如同冬夜裡我們煮個火鍋，溫點小酒，呼朋引伴，大快朵頤，豈非天下第一快活人！（杜甫晚年是「親朋無一字，老病有孤舟」，李白是流放夜郎「平生不下淚，於此泣無窮」，真是人比人，死都不解恨啊！）

11.

看到這兒，我猜很多讀者可能有些恍惚了，文章憎命達啊，怎麼偏偏老白詩寫得這麼絕，命還這麼好？對此，我只能說，有時候老天眷顧起一個人來，那也是相當慷慨的。白居易不僅仕途顯達順遂，更是唐代詩人中，生前名氣最大的一個。如果唐代有流行詩詞排行榜，老白絕對名列榜首，就連盛唐紅得發紫的李白王維也得靠後站。

至於老白的詩當年到底有多紅，我們來看看他的好哥們元稹是怎麼說的：

二十年間，禁省、觀寺、郵候、牆壁之上無不書，王公、妾婦、牛童、馬走之口無不道。至於繕寫、模勒，炫賣於市井，或持之以交酒茗者，處處皆是。

嘖嘖，粉絲群體上自王公貴卿，下到販夫走卒，簡直三百六十度全階層覆蓋。還有個別粉絲瘋狂到把自己全身刺滿白居易的詩，上街逢人就大力推薦，簡直就是一塊行走的白居易詩板。連歌妓也仗著懂白居易的詩歌自抬身價：「吾誦得白學士《長恨歌》，豈同他妓哉？」

可見老白為提高全民的詩歌素養做出了何等卓越的貢獻，簡直就是「出彩大唐人」！不僅在國內享有大名，老白的詩文還風行海外（生前喔），在日本、新羅等東亞鄰國火得一塌糊塗，屬於名副其實的國際文化名人，在當時完勝李白杜甫。

例如，日本平安時代有一部唐詩權威選本，叫作《千載佳句》，共收錄一〇八三首唐詩，但入選詩句在十首以上的詩人只有區區十四人。怎麼會這麼少?!因為大頭都被白居易同學占了啊，他一個人就入選了五〇七首。獨霸半壁江山！

而「詩仙」李白呢，入選二首；「詩聖」杜甫，入選六首。

新羅國也是一樣瘋狂，傳聞他們的宰相，曾以每首詩一百兩銀子的價格，收購白居易的詩篇。一百兩銀子折合今天台幣大概九萬多元。厲害了，我的白同學，提筆動動墨，發家致富不是夢啊！

生前就火到這種程度的文人，唐代實在找不出第二個，也就北宋的蘇東坡能拉出來比拚一下。當然，這一切也不是沒來由，人家老白一千多年前就懂得設定大眾市場的策略，作詩追求「老嫗能解」，正所謂「得群眾者得天下」是也。

12

八四六年，白居易病逝洛陽，最終官至二品，享年七十五歲。是唐代大詩人中，僅次於賀知章的高壽之人。

生前風光無限，身後也得償所願，由偶像李商隱親撰墓誌銘，可謂以不朽之筆傳不朽之人，兩相輝映，相得益彰。

好玩的是，因為唐代看重門第，出身平凡的白居易便認了秦國大將白起做祖宗，對，就是那個把紙上談兵的趙括指揮的四十萬大軍打到全軍覆滅的一代名將。

結果李商隱是個耿直青年，寫墓誌銘時，提筆就是一句：「公之先世，用談說聞。」意思就是：你的祖先世系根本沒啥真憑實據，純屬胡編。

老白如果泉下有知，估計生生要被氣活了：好你個臭小子，虧得老夫生前那麼欣賞你，連下輩子要投胎做你兒子這種話都說出來了，結果我前腳剛走，後腳你就打我臉啊！

李商隱：沒辦法，交情歸交情，事實歸事實。（是的，雖然小李是晚輩，但白居易是他的真愛粉。）

其實依我之見，白居易大可不必多此一舉。所謂英雄不問出處，在歷史的激流中，相比出身與門第，其蓋世才華和不朽詩篇才是永遠沖刷不掉的光環和榮耀。

不僅墓誌銘有偶像執筆，作為「世間第一有福人」的白居易更有皇帝（唐宣宗）親題悼念詩，世所罕見。而這首詩也恰是對其多彩一生的絕佳概括：

——**弔白居易**——

綴玉聯珠六十年，誰教冥路作詩仙。
浮雲不繫名居易，造化無為字樂天。
童子解吟長恨曲，胡兒能唱琵琶篇。
文章已滿行人耳，一度思卿一愴然。

周公子每期一問

老白，你的粉絲和李白的粉絲在論壇上撕得可兇了，這事你知道嗎？
好了，你不用說了，我知道了……
我不知道，我只想問問周公子你粉誰？
我粉王維～
呃……這個……老白你這是何苦呢？
同是天涯淪落人……
相逢何必曾相識！

第一季

第七集

元稹

一個非典型「渣男」的愛情往事

1.

你是「好色之徒」嗎？

聽到這個問題，我猜大部分人都會心中一凜，繼而正襟危坐：我不是，才沒有，別瞎說……

相比大家的如臨大敵，唐朝有個哥們就很實誠，直接大刺刺地說：「登徒子非好色者，是有凶行。余真好色者，而適不我值。何以言之？大凡物之尤者，未嘗不留連於心，是知其非忘情者也。」

意思是：登徒子之流，算什麼好色者？不過皮肉之欲而已。像哥這種看到佳人尤物便會傾心以慕的癡男情種，那才是正兒八經的好色之人啊！

這話要出自普通人之口，群眾肯定噓聲一片：「醒醒吧大兄弟，說得跟佳人尤物多愛搭理你一樣……」

但，由本篇的主人公講出來，那就不一樣了，因為人家可是大名鼎鼎的唐傳奇小說《鶯鶯傳》作者、限制級「豔詩」首創者、情史八卦一籮筐的中唐才子——元稹同學。

看到這，想必大家已經個個點頭如搗蒜：哎呀，論好色，誰都不服，就服他！

2.

來，讓我們一起回到貞元十五年（七九九年），見證一下元大帥哥是如何高段位地踐行「余真好色者」這句自我宣言的。

那一年，我們的元稹同學剛剛二十一歲，青春蔥蘢，風華正茂，在河中府任職一個小小官吏，官小事少，便終日四處遊冶。

當時河中府轄區內的蒲州東郊，有一著名寺院，名曰「普救寺」，香火盛極。因寺中方丈精熟詩文，元稹便隔三岔五來訪，與方丈談經論道。方丈愛其才華，常常將其留宿寺中，後來更乾脆專設客房，任其隨意借住——是為「西廂」房。

當時的元稹何曾想到，在這佛門清淨地，竟有一段聞名千古的愛情故事正待他粉墨登場、傾情演繹。

事情，是這樣的。

當年冬天，有一崔氏孀婦攜一雙兒女自博陵歸長安，途經蒲州，亦投宿於普救寺。元稹與其同宿寺中，閒來攀談家世，意外發現崔氏竟為自己遠親姨母，多年未見，以至相見不相識。不幾日，因當地駐軍統帥去世，軍隊譁變，士兵們在蒲城作亂，大肆劫掠。崔氏大為驚駭，其一介婦人兼稚子弱女，路途中又攜著萬貫家財，遭此動亂，何以自保？

關鍵時刻，我們元大帥哥的主角光環應驗了。

元同學官職雖小，但瀟灑愛耍，平日裡常和各兄弟單位的同僚們一起喝酒擼串、打成一片。故此兵亂發生後，他鎮定自若，隨手一個電話就讓軍中將領派了大隊人馬守護普救寺，解了姨母的後顧之憂。

一場動亂催生的風流奇緣，就這樣揭開序幕。

3.

軍亂結束後，已是來年春時。

感於元稹護其一家周全，崔氏特地設宴答謝。並正式叫出自己的一對兒女拜見元稹，行兄長之禮，以示不忘活命大恩。

元稹就此見到了自己十七歲的遠房表妹——崔鶯鶯。只見她在母親的千呼萬喚下方才娉婷而出，一襲素服，不施粉黛，卻「顏色豔異」「光輝動人」。

一見之下，元稹立時驚為天人，目為之眩而神為之迷，魂為之銷且魄為之奪：這不正是自己一直以來所心心念念的「物之尤者」嗎?!此後，宴席上姨母說了些啥，元稹全無所聞，滿心滿眼裝的都是表妹清麗絕俗的倩影：

—鶯鶯詩—

殷紅淺碧舊衣裳，取次梳頭暗淡妝。
夜合帶煙籠曉日，牡丹經雨泣殘陽。
依稀似笑還非笑，彷彿聞香不是香。
頻動橫波嬌不語，等閒教見小兒郎。

其間他也曾鼓起勇氣，試探搭話，結果妹子全程高冷，一言不答。宴會之後，無由再見，元稹思之若狂，以至「行忘止，食忘飽」。神魂顛倒之下，拉來鶯鶯的婢女紅娘大訴衷腸，請其代為傳情達意。沒想到，紅娘聽了完全不買帳：「喜歡我們小姐就三媒六聘來提親呀，找我有啥用？」

元稹一聽，趕緊甩出苦情牌：「好姊姊，三媒六聘少說也得三、四個月，到時我早都相思致死、枯骨一具了，還娶個什麼親？您且給我燒香吧！」

這事兒要換個長輩在場，說不定會狠狠撐回去：「好嘛，三、四個月都等不了，您那是喜歡嗎？你那是饞人家的身子，下流！」

然而年輕的紅娘同學就單純得很，被感動得一塌糊塗不說，還幫著出謀劃策起來：「我們小姐是矜持自重的正經姑娘，隨意告白肯定沒戲。」

「不過呢，她是個文藝女青年，最喜詩詞歌賦，你要不投其所好，寫詩撩撩看？」

元稹一聽，大喜過望，滿腔相思化為滔滔詩情，兩首《春詞》揮手即就：

—春詞—

春來頻到宋家東，垂袖開懷待好風。
鶯藏柳暗無人語，惟有牆花滿樹紅。
深院無人草樹光，嬌鶯不語趁陰藏。
等閒弄水浮花片，流出門前賺阮郎。

嘖嘖，果然行家一出手，就知有沒有——兩首詩裡不僅都暗藏了「鶯」字，最後一句更撩得明目張膽，借東漢阮肇入天台山被仙女招為夫婿的典故隔空喊話：

「妹子呀妹子，你何不像『水浮花片』那樣順流而出，和我這個有情郎雙宿雙飛呢？」

委託紅娘遞詩傳情後，元稹忐忑地等待著表妹的回音。沒想到，事情進展出奇順利，當晚，紅娘就帶來了鶯鶯的答覆：

—明月三五夜—

待月西廂下，迎風戶半開。

拂牆花影動，疑是玉人來。

元稹展信覽畢，喜之不盡。一則喜的是，表妹居然同意了。詩中分明暗示自己可於明日月圓之夜，翻過籬笆，與其花園幽會；二則喜的是，沒想到妹子不僅長得俏，詩才還這麼好，這是什麼天仙人物啊！

此時，被愛衝昏頭腦的元稹哪會想到，才貌俱佳的鶯鶯表妹要給他的「驚喜」可絕不止此。

4.

第二天，元同學深覺度日如年，魂不守舍。

好不容易等到夜幕初降，圓月將升，他便迫不及待逾牆赴約，心裡既緊張又興奮。然而萬萬沒想到，等待他的卻不是腦海中預想了無數遍的才子佳人、花前月下，你儂我儂、互訴衷腸……

取而代之的是——一堂嚴肅認真的思想品德課！

姍姍而來的表妹非但沒有投懷送抱，反而面色冷峻地告誡他不應仗著有救人之恩就心生邪念……更義正詞嚴地斥其輕薄如此，與肆意劫掠的亂軍又何異之有?!

一通犀利說教之後，姑娘幡然轉身，決絕而去。

徒留元稹風中凌亂，一臉茫然。

哎，還以為自己是個情場獵手，沒想到人家妹子才是高段位，一首小詩回得人想入非非，結果轉頭就翻臉不認帳，一盆冷水澆你個透心涼……

初戰不捷，元稹深感無計可施，熊熊愛戀之火只得獨自燃燒。誰承想，不幾日後，事情竟又峰迴路轉，奇變陡生。

某夜，正當元同學輾轉難眠，哀嘆佳人再無可及時，鶯鶯來了。是時，斜月晶瑩，幽輝半床，眼前的鶯鶯眉目低垂、不勝嬌羞，全沒了平日的端莊高冷。元稹癡癡良久，恍如夢寐：

「咦?之前表白被罵，如今深夜逕自來，妹子您這玩的是哪一齣?」

電視劇都不敢這麼編啊!

所謂女人心，海底針。

資深女文青鶯鶯同學這一通謎之操作，我猜不僅元同學掐著大腿懷疑是做夢，吃瓜群眾也是目瞪口呆，瓜皮掉了一地：

「姑娘啊，你這是咋回事!」

呵呵，凡事不能只看表面。眼前的一幕絕非元稹夢境，更非姑娘亂了心性，事實的真相只有一個，那就是：鶯鶯對表兄同樣是一見鍾情，芳心早許。

5.

聽到這兒，個別暴躁群眾估計要開啟咆哮模式了：那前面的思想品德課，到底幾個意思啊?!別急，接下來就讓我這個業餘初級情感專家，試著為大家分析一二。

我說鶯鶯同樣心儀表兄元稹，那是有理由的——

首先，我們元稹同學長得帥。在《鶯鶯傳》裡，他給自己描述的自畫像是：

性溫茂，美風容，內秉堅孤，非禮不可入。

你看，一派風度翩翩、溫文爾雅之相。而且還帶點小清高、小孤傲，對文藝女青年的吸引力簡直百分百。

關於元同學是美男子這一點，我們還有確鑿的旁證。比如，他的死黨白居易，誇他「儀形美丈夫」「君顏貴茂不清羸」，意思就是元同學不僅顏值高、儀態好，體格也健美，頗有陽剛之氣……（嘖嘖，老白的潛台詞簡直呼之欲出：微之好有型喔，我要是女的我都想嫁，嘻嘻……）

除了長得帥，顯而易見的，還有才華高。

文采嘛，前面的情詩我們都領教過了。畢竟是能和白居易搞文學組合的人，能差到哪裡去？此外，人家元同學還能歌善舞，吹拉彈唱無所不精：

能唱犯聲歌，偏精變籌義。含詞待殘拍，促舞遞繁吹。

你以為這就完了嗎？不，我們元稹還寫得一手好字！《宣和書譜》裡，說他的楷體字是：

自有風流蘊藉，挾才子之氣，而動人眉睫也。

嘖嘖，你說這麼一個眉目如畫、瀟灑倜儻而又多才多藝的表兄往你跟前一站，你是鶯鶯你動心不？我看何止是動心，想直接撲上去的迷妹估計也是大把。

但鶯鶯能這樣嗎？

不能呀，人家可是當時社會背景下家教嚴束、恪守禮法的大家閨秀。

所以她在接到表兄的情詩後，雖一時芳心難抑，回了那首柔情蘊藉的《明月三五夜》，但冷靜下來後，男女大防的理智卻又重新占據上風，以致雖去赴約，卻違背本心，拒表哥於千里之外……

可心弦畢竟已被撥動，再加上看熱鬧不嫌事大的紅娘幫著煽風點火、兩邊攛掇，鶯鶯在經歷了激烈的內心矛盾和思想鬥爭後，終於決定背棄封建禮教，奔向自由愛情！

於是，也就出現了前文中出乎所有人意料的一幕。

6.

讓我們再回到當時。

被佳人從天而降弄得暈頭轉向，不知所措的元稹，對妹子這曲折的心路歷程一時雖未必參悟得透，但朝思暮想的心尖尖上的人，忽在這花香月明之夜盈盈而來、眉目含情，試問天下男子又有哪個能坐懷不亂呢？

於是，兩相愛慕，春宵一度後，元同學的豔詩名作《會真詩三十韻》，誕生了：

微月透簾櫳，螢光度碧空。
遙天初縹緲，低樹漸蔥蘢。
龍吹過庭竹，鸞歌拂井桐。
羅綃垂薄霧，環佩響輕風。
絳節隨金母，雲心捧玉童。

更深人悄悄，晨會雨濛濛。
……
戲調初微拒，柔情已暗通。
低鬟蟬影動，回步玉塵蒙。
轉面流花雪，登床抱綺叢。
鴛鴦交頸舞，翡翠合歡籠。
眉黛羞頻聚，朱唇暖更融。
氣清蘭蕊馥，膚潤玉肌豐。
無力慵移腕，多嬌愛斂躬。
汗光珠點點，髮亂綠鬆鬆。
方喜千年會，俄聞五夜窮。
留連時有恨，繾綣意難終。
慢臉含愁態，芳詞誓素衷。
贈環明運合，留結表心同。
……

開頭先交代了月夜幽會的環境氛圍，最後則是兩情相誓，互贈信物。中間的內容嘛……由於比較限制級，我表示拒絕翻譯。

非要說點什麼的話，感覺可以提煉概括為：

金風玉露一相逢，便勝卻人間無數。

（目測秦觀已在提刀趕來的路上）

唐人李肇的《唐國史補》曰：「元和以後……詩章則學矯激於孟郊，學淺切於白居易，學淫靡於元稹。」

嗯，可以說是絲毫沒有冤枉元同學了。

7.

回到故事中。

一夜歡會後，正當元同學以為從此能和表妹郎情妾意、比翼雙飛時，鶯鶯卻像白居易詩中描述的那般：

夜半來，天明去。來如春夢幾多時？去似朝雲無覓處。

一如朝雲飄散，十幾天閉門深閨，杳無音信。

再次迷惘不解的元稹，只得託付紅娘把剛剛寫就的《會真詩三十韻》轉交而去，再表衷腸。

收到這首詩後，鶯鶯可能終於確信表哥對自己的感情並非一時色起，而是實屬真心，於是她再次鼓起非凡勇氣，徹底背棄禮教束縛，一頭扎進了愛海情波之中：「自是復容之，朝隱而出，暮隱而入，同安於曩所謂西廂者，幾一月矣。」

自此，她暮來朝去，夜夜與元稹西廂私會，兩情繾綣，難捨難分。

一個月後，元稹西去長安，報名當年秋天的吏部考試。事一甫畢，他便重回蒲州，再會鶯鶯。在元稹那些日後追憶的詩文中，我們仍可一窺當時這對愛侶的甜蜜日常：

- 憶得雙文通內裡，玉櫳深處暗聞香。
- 憶得雙文人靜後，潛教桃葉送秋千。
- 憶得雙文朧月下，小樓前後捉迷藏。
- 憶得雙文獨披掩，滿頭花草倚新簾。

詩中的「雙文」，即暗指鶯鶯。

你看，二人有時屋內訴情衷，有時靜夜蕩秋千，有時月下捉迷藏，還有時園中嬉鬧、插戴滿頭花草……跟天底下所有熱戀的人兒沒什麼兩樣，只要在一起，不管做什麼，都是幸福的味道。

可惜，最後還是應了那句千年不破的老話——歡樂的時光，總是短暫的。

轉眼間，春去秋來，吏部考試的日子到了，元稹必須再赴長安。

臨行的前夜，鶯鶯為其鼓琴送行，然而數聲之後，便琴音哀怨，難以成調，最後一曲未終，便情難自已，擲琴灑淚，掩面而去……或許，聰穎如她，在此刻便已然預料到了故事最終的結局。

8.

元稹至長安應吏部試，初戰不逮。

素有大志的他深受打擊，不敢再溺於兒女私情，就此滯留京城，刻苦復讀。

初時還有禮物書信寄達鶯鶯，但隨著其為了博取功名而不斷拜謁高官豪門希求引薦，他越來越清醒地認識到：想要出人頭地、步入仕途，門第和權勢的力量實在太重要了！

恰在此時，他通過好友李紳（寫「汗滴禾下土」的那位）結識了官任京兆尹的韋夏卿。韋夏卿對一表人才而又年少才高的元稹十分賞識。而且好巧不巧，他家裡還有一位備受寵愛、待字閨中的小女兒——韋叢。

此時，就不得不交代一下元稹的家世。其八歲喪父，門勢衰微，跟隨母親投靠舅族，寄人籬下。兒時連學堂都去不起，全靠其母親自教授。

> 臣八歲喪父，家貧無業。母兄乞丐，以供資養。衣不蔽體，食不充飢。——《同州刺史謝上表》
>
> 稹八歲喪父。其母鄭夫人，賢明婦人也。家貧，為稹自授書，教之書學。——《舊唐書》

為了盡早自立，他沒能像白居易、劉禹錫一樣苦讀到二十幾歲再參加最為榮耀的進士試，而是十四歲就孤身赴長安，考取了相對容易的明經科，盼能盡早謀生養家。

想想看吧，連苦大仇深的杜甫杜大叔，都啃老啃到了三十多歲，才到長安考進士、找工作。相形之下，元同學的成長經歷，真可說是相當艱辛了⋯⋯所以當身居高位的韋夏卿伸出橄欖枝，意欲招其為乘龍快婿時，急切想要改變命運的元稹意識到，這是不能錯過的機會。

此念一動，他對鶯鶯的「始亂終棄」也在所難免了。於是，在離開蒲城三年，並終於通過吏部考試而授官校書郎後，元稹與韋叢成婚。

一夢何足云，良時事婚娶。
當年二紀初，嘉節三星度。
朝蕣玉佩迎，高松女蘿附。
韋門正全盛，出入多歡裕。

你看，娶到家世顯赫的高門貴女，從前和鶯鶯的纏纏綿綿就成了「一夢何足云」了。

9.

元稹可能完全不會想到，僅因背棄了鶯鶯，自己幾乎就成了唐代詩人中最為聲名狼藉的一個——硬是被圍觀群眾連追帶堵，罵了一千多年的「渣男」。

對此，我猜他或許會覺得滿冤的：自己雖娶了韋叢，但鶯鶯也有另覓良人，結局並不悲涼；何況除此之外，自己這輩子也並沒啥其他大的汙點嘛。

說的倒也是——娶韋叢雖有攀附豪門之嫌，但成婚第二年，岳父就過世了，並沒為他的仕途帶來多少實際的幫助。

可他和韋叢卻一直是恩愛甚篤的，後來韋叢早逝，他寫過很多情真意切的悼念詩。

比如，新年時想起過世的妻子，自己一個人偷偷哭泣、背月而眠：

憶昔歲除夜，見君花燭前。
今宵祝文上，重疊敘新年。
閒處低聲哭，空堂背月眠。
傷心小兒女，撩亂火堆邊。

又比如，醉酒後忘記愛妻已逝，喊著她的名字問東問西，醒後看到旁人哭了，還覺得很奇怪：

怪來醒後旁人泣，醉裡時時錯問君！

還有大家更為熟悉的「誠知此恨人人有，貧賤夫妻百事哀」「惟將終夜長開眼，報答平生未展眉」……

此等椎心泣血之句，非有真情實感，焉能為之？

在家庭裡，他算得上是合格丈夫；仕途上，他則剛直不屈，膽氣驚人。任監察御史時，查辦貪官汙吏，直接是一串一串往下擼，得罪了數不清的官場大佬。一生雖四處被貶，但每到一地，都頗有政績，是個很有實幹精神之人。

修身不言命，謀道不擇時。
達則濟億兆，窮亦濟毫氂。
濟人無大小，誓不空濟私。

你看看，他這表達人生志向的詩，比白居易的「窮則獨善其身，達則兼濟天下」境界上還要更高一籌。

說到底，他的人品並沒有那麼不堪，不然也不能和路人緣超好的白居易做了一輩子的莫逆之交。

那麼，問題就來了——

本就不是所有戀愛都能開花結果，白居易也沒娶成湘靈嘛，分手的人千千萬，為啥大家偏偏只罵元同學呢？

10.

解鈴還須繫鈴人，答案還得從《鶯鶯傳》上找。在這部自傳小說裡，對於因何背棄鶯鶯，張生給了這麼一段冠冕堂皇的解釋：

> 大凡天之所命尤物也，不妖其身，必妖於人。使崔氏子遇合富貴，乘寵嬌，不為雲，不為雨，為蛟為螭，吾不知其所變化矣。昔殷之辛，周之幽，據百萬之國，其勢甚厚。然而一女子敗之，潰其眾，屠其身，至今為天下僇笑。予之德不足以勝妖孽，是用忍情。

翻譯過來就是：崔鶯鶯太美了，是尤物，是妖孽，變幻多端，紅顏禍水啊！我的品德戰勝不了她的誘惑，所以只能克制自己的感情，拋棄她、離開她！

嘖嘖嘖，你瞅瞅，這是什麼清奇的腦迴路啊！都能把人氣笑有沒有！

常規渣男是不主動、不拒絕、不負責，元稹可好，相當主動但不負責也就罷了，完事兒還往人姑娘頭上呼啦扣一屎盆子——愛慕時誇人家是仙女，想分手就怪人家是妖孽，敢情群眾還得發面錦旗，誇你分手分得好分得妙是不是？

為了強行洗白自己，不惜如此汙蔑曾經的戀人，實力演繹了什麼叫作「分手見人品」——就問大家不罵你罵誰?!

而且這還不算完，大概與《鶯鶯傳》同期，元同學還寫過這麼一首詩：

有美一人，於焉曠絕。
一日不見，比一日於三年，況三年之曠別。
……
矧桃李之當春，競眾人而攀折。
我自顧悠悠而若雲，又安能保君皚皚之如雪。
……
幸他人之既不我先，又安能使他人之終不我奪。
……
一年一度暫相見，彼此隔河何事無。
——《古決絕詞》

大致意思是：我愛著一個絕代佳人，一日不見，如隔三秋。何況如今我們已闊別三年，我的思念可想而知！我們長久分隔，而她又豔若桃李，一定會引得眾人攀折。我如浮雲般在外漂泊，如何能確保她像白雪一樣堅貞潔白呢？

我固然首先得到了她，但又怎能保證她不會被別人奪去呢？彼此像牛郎織女般天河相隔，什麼事兒都有可能發生呀！

說實話，這首詩的確是太過小人之心。

別說女人義憤填膺，連男人都看不下去，紛紛扔刀子。

清人馮班評說：「微之棄雙文，只是疑她有別好，刻薄之極。」

近人王桐齡表示贊同：「明明以己之心，度人之心，疑鶯鶯別有私矣。」

國學大師陳寅恪也麻利補刀：「嗚呼，微之之薄情多疑，無待論矣。」

嗯，前輩們批評得都很好，但大家有沒有想過：元同學究竟為什麼要在《鶯鶯傳》裡寫那段令人吐槽無力的渣男語錄？又為什麼要寫這首招黑無數的薄情之詩？戲這麼多，難道僅僅因為欠罵?!

答案很顯然不是。真正的原因，依然藏在他和鶯鶯的故事裡。

11.

《鶯鶯傳》的最後，男已婚、女已嫁，元稹有次經過鶯鶯婚後的住處，忍不住登門拜訪，求以表兄身分一見。鶯鶯的夫婿傳話後，她卻始終不肯出來，而是讓婢女傳了一首詩：

自從消瘦減容光，萬轉千回懶下床。
不為旁人羞不起，為郎憔悴卻羞郎。

元稹於是悵然而去。

幾天後，他要離開當地時，鶯鶯又遣婢女傳詩一首：

棄置今何道，當時且自親。
還將舊時意，憐取眼前人。

既然已捨棄了我，何必再來打擾。還是把曾經對我的心意，用來好好珍惜您的妻子吧。——嘖嘖，瞅瞅人家鶯鶯這境界，分手了不撕扯不怨恨更不搞什麼曖昧，還能為前任的現任著想……甩前面各種強詞詭辯的元同學一萬條街啊！

我不清楚元稹是懷著什麼心情離開的，只知道從此他們就散入茫茫紅塵，再也沒有了彼此的消息。

但，元同學對鶯鶯的懷念卻終生未息。

元和四年（八〇九年），元稹三十一歲，任監察御史出使四川，夜宿嘉陵驛站。是時牆外花香浮動，月照半床，一如自己與鶯鶯西廂初會之情景，他由是心潮起伏，徹夜難眠：

牆外花枝壓短牆，月明還照半張床。
無人會得此時意，一夜獨眠西畔廊。

一句「無人會得此時意」，恰將隱祕心事洩漏無疑。有時，佳人也會盈盈入夢，醒來後，他感到彷彿又一次經歷了那別離的淒痛：

—**夢昔時**—
閒窗結幽夢，此夢誰人知？
夜半初得處，天明臨去時。
山川久已隔，雲雨兩無期。
何事來相感，又成新別離。

元和十四年（八一九年），元稹四十一歲，去往外地上任的途中。某個清晨，他被遠處寺院的鐘聲驚醒，二十年前普救寺的往事便驀然湧上心頭：

半欲天明半未明，醉聞花氣睡聞鶯。
猧兒撼起鐘聲動，二十年前曉寺情。

直到臨終的前一年，看到「花枝滿院」「月入斜窗」之情狀，他對鶯鶯那深藏心曲的隱祕之情，依然會被深深攪動：

鳳有高梧鶴有松，偶來江外寄行蹤。
花枝滿院空啼鳥，塵榻無人憶臥龍。
心想夜閒唯足夢，眼看春盡不相逢。
何時最是思君處，月入斜窗曉寺鐘。

何時最是思君處，月入斜窗曉寺鐘——永恆的愛戀，深沉的思念，在這個酷似當年情景的春夜裡，都化作無比的落寞和惆悵……

12.

至此，前面問題的答案也就昭然若揭了。

那就是，元稹之所以在《鶯鶯傳》中做「紅顏禍水」的文過飾非之論，又於詩中對鶯鶯無端揣測詆毀，乍看都是為自己背棄鶯鶯而狡辯自護，但最根本的原因——在於他依然深愛著鶯鶯啊！

只不過，這愛顯然已因他的自私而呈現出扭曲的形態：因為依然愛，卻又不得不為了前途而忍情捨棄，才會不斷編造這種種緣由自我麻痹，強行使分手的行為合理化，以此來擺脫那難以自持的矛盾和痛苦。

可惜，這些話既沒騙得過世人，也騙不了自己。

從前，我在其他文章中只要提及元稹，必罵渣男，鄙夷之極。而如今，我只想嘆息——他固然放棄了鶯鶯，但那從未消逝的愛與思念，卻何曾放過他？

王家衛的電影《東邪西毒》中，有一段經典台詞：

「當你不能夠再擁有的時候，你唯一可以做的，就是讓自己不要忘記。」

這份心情，其實元稹早在一千多年前就寫了出來：

曾經滄海難為水，除卻巫山不是雲。
取次花叢懶回顧，半緣修道半緣君。

周公子每期一問

元稹，你後不後
悔寫《鶯鶯傳》？
情聖
唉，好遺憾……
不後悔，我後悔的是不
能和鶯鶯終成眷屬……
還好後來我遇見了老白，
失去了愛情，但收穫了友誼～

第一季

第八集

李商隱

哥以一己之力，就給唐詩續了命

1.

很多年以後，當李商隱在瀟瀟的巴山夜雨中輾轉難眠時，他依然清晰地記得第一次見到妻子時的情形。

她太美了。

那夢幻般的驚鴻一瞥，他永生不會忘記。

那是開成二年（八三七年）的一個春日，暖風拂面，花香盈動。曲江池畔的彩樓中，四十名新科進士正在參加風光無限的官方慶典活動——曲江赴宴，杏園賞花，接下來還有令無數讀書人夢寐以求的雁塔題名。

他們登上雕樑畫棟的遊船，沿著曲江池畔緩緩行駛，以便岸上摩肩接踵的圍觀群眾都能一睹新科進士的風采。這是長安人民每年傾城而出的時刻，也是無數權貴豪門挑選東床快婿的好時機。二十五歲的李商隱，正是新晉進士之一，此時的他風華正茂、英姿勃勃。中第的興奮令其一反平日的憂鬱氣場，手扶欄杆與同年們談笑風生，好不瀟灑。

忽然，身後有人猛拍他的肩膀：

「義山弟，快看快看，我未婚妻來了，就是黃色衣衫那個！」

李商隱回頭一看，是同年好友韓瞻，於是打趣道：

「哎呀，韓兄金榜題名，又得美人助陣，何苦來刺激我們這些單身漢？」

一片哄笑聲中，李商隱漫不經心地順著韓瞻手指的方向朝岸上望去，一瞬間卻是電光火石，心如鹿撞，兩眼癡癡地呆住了——他望了她一眼，她對他回眸一笑，生命突然甦醒。

2.

和李商隱四目相對的，當然不是韓瞻的未婚妻，而是她身旁另一位容顏清麗、巧笑倩兮的少女。

當李商隱轉身的那一刻，她也正順著姊姊的指引向畫船上遙望，命中注定要在一起的兩個人，就這樣目光交會了。

沒錯，這個姑娘正是韓瞻的妻妹，涇原節度使王茂元的小女兒。

「義山，妻妹非常喜歡你的詩文，晚飯我岳家做東，你指教一下小妹啊！」一旁的韓瞻早已看出端倪。唐代本就盛行自由戀愛，王家兩位姑娘又是武將之後，家風開明，於是在韓瞻的牽線搭橋下，李商隱和王姑娘就這樣相識了！

那真是一個春風沉醉的夜晚啊，初識的兩個年輕人雖然都有些拘謹，卻早已心意暗通，彼此鍾情。直到第二天，當李商隱想起宴席上王姑娘那霞生雙頰的嬌俏神情時，依然忍不住嘴角上翹，一首情真意切的無題詩，就這麼自然而然地湧上了心頭：

—**無題**—

昨夜星辰昨夜風，畫樓西畔桂堂東。
身無彩鳳雙飛翼，心有靈犀一點通。
隔座送鉤春酒暖，分曹射覆蠟燈紅。
嗟余聽鼓應官去，走馬蘭台類轉蓬。

拿起手機幾次三番寫寫刪刪後，李商隱最終還是鼓起勇氣點擊了發送鍵。望著窗外的燦爛春光，他忐忑地等待著：初次遇見，我們已然心有靈犀，可惜我還要為了官職四處奔波，不知何時能再次見到你……

很快，手機一振：「你願意來我老爸的幕府上班嗎？」

李商隱輕輕地笑了。和這一刻的甜蜜相比，窗外的春光彷彿都顯得黯淡了。

當時，深陷情網的詩人完全沒有想到：這條資訊是他愛情的福音，同時卻也是他前途的紅燈。

3.

讓我們把時光倒回到九年前。那一年，十六歲的李商隱跟隨堂兄來到東都洛陽闖蕩。一個未成年人為什麼這麼急著出人頭地呢？

答案很簡單：生活所迫。

李商隱是個名副其實的苦孩子——先是出身衰門弱族，而後九歲時父親又撒手人寰，一家人的生活重擔，就此落在了他這個長子的肩膀上。所以稍有自立能力後，他便奔赴洛陽。一邊抄書舂米賺取家用，一邊到處投遞詩文為博取功名做準備。

窮人的孩子早當家，千古如是。

幸運的是，因為才華高蹈，小李同學很快結識了兩位重量級的大人物，一個是日後成為他死忠粉的白居易，一個是他生命中最大的貴人令狐楚。

說起令狐楚，今天可能沒幾個人知道。但在當時，人家可是歷仕六朝的元老重臣，還曾做過宰相。李商隱拜見他的時候，他正任東都留守，也就是統領整個洛陽的一把手。

令狐楚是個愛才之人，一見李商隱的詩文即大為讚嘆，從此對他青眼相加，極力栽培。不僅讓他入府和自己的兒子們一起讀書，還把一身的駢文絕學傾囊相授，使得李商隱最終成為晚唐首屈一指的四六文大家。

除令狐楚對他關愛有加外，令狐家的兩位貴公子也在同窗共讀的日子裡把他當家人和兄弟看。甚至後來李商隱考中進士，也是因為二公子令狐綯為他走通了關係（不是李商隱才華不夠，而是唐朝科考就是要拚關係，晚唐更厲害）。

可以說，遇見令狐楚和王姑娘，是李商隱前半生最幸運的兩件事兒。可無奈的是，當這兩件好事交集在一起，卻成了李商隱後半生中不可言說的痛。

4.

說到晚唐政治，自然繞不開「牛李黨爭」。

好巧不巧，小李同學的恩師屬於牛黨，而他的岳父卻屬於李黨！

李商隱雖終其一生把令狐一家當恩人來看待，卻沒有意識到，這份恩情是需要用政治取向來報答的。唉，天真的詩人們總是情感過於敏銳，政治嗅覺卻又過於遲鈍，於是悲劇不可避免地發生了。

至於悲催到什麼程度，我覺得畢飛宇老師的總結十分到位：李商隱的婚姻讓他三面不討好——在牛黨眼中是叛徒，在李黨眼裡像間諜，在吃瓜群眾看來，則是另攀高枝的投機分子！

果然，和王姑娘成婚後，李商隱很快付出了代價。新婚之後，他滿懷信心參加了朝廷人事部的選官考試，自認發揮極佳，主考官也對其答卷極為讚嘆，可最終意外發生了：牛黨高層以一句「此人不堪」，大筆一揮便劃掉了他的名字。

無辜落選令李商隱激憤莫名，那首自剖心志的著名詩篇《安定城樓》即作於此時：

迢遞高城百尺樓，綠楊枝外盡汀洲。
賈生年少虛垂涙，王粲春來更遠遊。
永憶江湖歸白髮，欲回天地入扁舟。
不知腐鼠成滋味，猜意鵷雛竟未休！

重點顯然在最後兩聯：「我李商隱的確立志要做一番扭轉乾坤的大事業，然而功成之後，我便會乘舟而去，歸隱江湖。你們這些小人營營以求的富貴功名，在哥眼裡不過是腐鼠滋味而已！」

罵得漂亮！

難怪後來變法家王安石對第三聯激賞不已，想必這兩句話也完全說出了他的心聲——永憶江湖歸白髮，欲回天地入扁舟！

然而，詩雖然寫得解氣，卻絲毫改變不了慘澹的現實。此後，李商隱一直在牛李黨爭的夾縫中艱難生存，輾轉漂泊於各地幕府中，替人做些捉刀代筆的文字工作，幾乎從未進入過核心政治圈。

5.

一場婚姻就讓自己的政治生涯如同被判了死刑，這是李商隱始料未及的。

那麼，他究竟有沒有後悔過呢？

別急，從後面兩段故事中，也許我們能夠找到答案。

李商隱初到洛陽時，曾喜歡過一位名叫柳枝的商人之女。小姑娘天真爛漫，外向開朗，家住商隱堂兄的隔壁。李商隱詩序中提到，她有時梳妝打扮到一半不知想起什麼事兒來會拔腿就跑，是個活脫脫的女漢子加瘋丫頭。因為玩得太野，以至於十七歲了都沒人敢去家裡提親。

李商隱卻對這個不被閨閣之禮束縛的女孩子頗有好感，為了引起姑娘的注意，他特意挑選了自己最滿意的愛情詩作《燕台四首．春》，安排堂兄在柳枝家的窗戶下高聲朗讀。

嘖嘖，文藝青年就是不一樣啊，追起姑娘來都這麼詩意。（那些給女神修完電腦連水都不喝一口就走的直男們，學著點啊！）

果然，當堂兄讀到最後兩句「今日東風自不勝，化作幽光入西海」時，柳枝姑娘破門而出：「蒼天，這麼感人的詩是誰寫的?!」

堂兄洋洋得意：「就是最近住我家的帥哥李商隱啊，需要幫你討詩嗎？」

柳枝白了堂兄一眼，反手扯斷自己的衣帶，打了個漂亮的同心結：「把衣帶結交給令弟！三天後上巳節，我會在家焚香以待，恭候郎君大駕！」

（嘖嘖，這麼大膽直接的姑娘，我喜歡！）

眼瞅小李同學即將迎來一段浪漫初戀，這時一個腦殘損友上線了——此人和李商隱約好幾日後一同進京趕考，可是上巳節那天卻突然抽風（不按理出牌），玩起了惡作劇，偷偷拿了小李的行李，先行上路了！

這可不得了，身分證、准考證可都在裡面呢！

李商隱生怕這個蠢貨朋友不靠譜耽誤了考試，於是顧不得和柳枝姑娘的約會，急急忙忙追去長安了。

一年後，李商隱落第歸來，等待他的是另一個不幸的消息：他再也見不到心心念念的柳枝姑娘了，在他失約不久後，柳枝即被一個地方諸侯強行娶去……這是一場還沒開始就結束了的愛情。

落榜加失戀，在李商隱眼裡，整個春天都凋謝了：

——無題——

颯颯東風細雨來，芙蓉塘外有輕雷。
金蟾齧鎖燒香入，玉虎牽絲汲井回。
賈氏窺簾韓掾少，宓妃留枕魏王才。
春心莫共花爭發，一寸相思一寸灰！

此時的小李同學哪裡知道，這一生令他相思成灰的人，又何止柳枝姑娘呢。

6.

那一年，李商隱第四次科考落榜，為了排遣心情，隨朋友來到玉陽山學道。眾所周知，唐代道教發達、地位尊崇，連很多公主都有修道經歷。其中最出名的，莫過於提攜過李白和王維的玉真公主。而玉真公主當年修仙的道觀，便建在玉陽山。有玉真公主代言，玉陽山從此名氣沖天，後續有想修道的公主一般也就首選此處。

本是為了修身養性，尋個清淨之處複習科考，萬萬沒想到，李商隱卻在這裡又被愛情撞了一下腰！這次和他相愛的，是一位陪伴公主修道的侍女，名叫宋華陽。他們如何相識，愛情又是如何發展的，我們不清楚，只知道二人愛得很辛苦。因為對方的宮女身分，他們不能公開表達愛意，很多時候只能以詩傳情：

——無題——

重幃深下莫愁堂，臥後清宵細細長。
神女生涯原是夢，小姑居處本無郎。
風波不信菱枝弱，月露誰教桂葉香？
直道相思了無益，未妨惆悵是清狂！

經歷了錯失柳枝的教訓，李商隱再也不想輕易放棄了，雖然這份不合世俗的愛情注定前途渺茫，但李商隱還是橫下了心，不求天長地久，但求曾經擁有！

可縱使愛到死去活來，也依然逆轉不了悲傷的結局，他們終究沒能在一起。不知是哪一天，她連一聲道別的話都來不及說，就被公主帶回了長安。從此深宮似海，初別即永訣，李商隱的心又一次碎成了渣：

——無題——

來是空言去絕蹤，月斜樓上五更鐘。

夢為遠別啼難喚，書被催成墨未濃。
蠟照半籠金翡翠，麝熏微度繡芙蓉。
劉郎已恨蓬山遠，更隔蓬山一萬重！

7.

故事講到這裡，前面問題的答案也就呼之欲出了——情定王姑娘已是李商隱人生中第三次轉角遇到愛了。他再也承受不了那愛而不得的苦痛了，無論怎樣，這一次我不會放開你的手，即使和全世界為敵也無怨無悔！

可上天對李商隱實在過於刻薄，付出了一生的前途做代價，這份感情卻依然沒能夠天長地久。

也許是李商隱長年在外，王姑娘獨撐門庭積勞成疾，也許是因這份婚姻阻礙了愛人的仕途，令她終日心懷內疚。雙重壓力下，美麗善良的王姑娘在三十歲左右，就因病去世了。他們只相伴了短短的十餘年。

得知妻子病重，李商隱火速從幕府趕回長安，卻終究沒能見到妻子最後一面。迎接他的只有空蕩冰冷的房間：枕席依舊，錦瑟仍在，可那個總能在困苦艱難中給自己慰藉和力量的倩影，卻再也尋不到了！

憶得前年春，未語含悲辛。
歸來已不見，錦瑟長於人。
今日澗底松，明日山頭蘗。
愁到天地翻，相看不相識。
——《房中曲》

曾經的你出身富貴，何曾吃過半點苦，可自從嫁給我，日子過得就像澗底的孤松和山頭的苦蘗，貧賤夫妻百事哀……如今你捨我而去，我愁到天翻地覆，只怕你見到我再也認不出！

這份字字是淚的悲戚之情，跟後來蘇軾的「縱使相逢應不識，塵滿面，鬢如霜」何其之相似。

很長一段時間裡，李商隱沉浸在喪妻之痛中無法自拔，每一個夜晚都被思念填滿：

- 西亭翠被餘香薄，一夜將愁向敗荷。
- 遠路應悲春晼晚，殘宵猶得夢依稀。

・梧桐莫更翻清露，孤鶴從來不得眠。

而下面這首著名的《無題》詩，或許也正是這份悵惘之情所譜就的最高音：

相見時難別亦難，東風無力百花殘。
春蠶到死絲方盡，蠟炬成灰淚始乾。
曉鏡但愁雲鬢改，夜吟應覺月光寒。
蓬山此去無多路，青鳥殷勤為探看。

你走了，把我的心也帶走了。仙界的青鳥啊，什麼時候能為我帶來你的訊息……區區八句詩語，道盡心中百轉千迴。

8.

因為堅守一份愛情，李商隱終生沉淪下僚，遭人非議。連新舊唐書對他的評價，都是「無行文人」「具無特操」。然而事實當真如此嗎？

是時候還李商隱一個公道了！

空口無憑，上實證：

李商隱任弘農縣尉時，極力推行仁政，對因交不起賦稅而被捕入獄的囚犯，他總是能寬則寬，盡量減輕處罰。

上面的大長官聞之卻惱怒之極，把李商隱喚去一頓臭罵。如果李商隱果真是攀附權貴的「無行文人」，此時是不是應該簌簌發抖，點頭如搗蒜，只求保住頭上的烏紗帽？

然而並沒有。

實際情況是，小李同學不但絲毫不懼，還慷慨激昂據理力爭。最後更當堂拂袖而去，回家水都沒喝一口，提筆就寫了辭呈！

—**任弘農尉獻州刺史乞假還京**—

黃昏封印點刑徒，愧負荊山入座隅。
卻羨卞和雙刖足，一生無復沒階趨。

我真希望自己也像卞和一樣雙足被砍斷，這樣就再不用向官府奉迎趨拜了！

——這樣的事兒，這樣的詩，是「無行文人」做得出來、寫得出來的嗎?!

除此之外，更具說服力的，是他對李黨群體政治失勢後的態度。

唐宣宗上台後，重用牛黨，排斥李黨。

這個時候，明眼人肯定要趕緊重新站隊，另找靠山。可李商隱呢，居然在這個節骨眼接受李黨被貶官員的邀請，跟著人家跋山涉水，遠赴桂林。

不僅如此，還為李黨首領李德裕的文集作序，要知道此時李德裕可是完全失勢，處境岌岌可危。

自古牆倒眾人推，這時候不上去踩一腳都算好人了，可李商隱卻在序文中評價李德裕——

「成萬古之良相，為一代之高士！」

為一個下台宰相如此大唱讚歌，這相當於是罵當今皇帝和得勢一黨都眼瞎啊！敢問幾人有如此膽識與氣魄?!

如果我再告訴你，李商隱的髮小令狐綯此時正步步高升，如果他堅決和李黨劃清界線，然後找令狐綯敘舊嘮嗑抱大腿，前程似錦絕對不是夢，因為令狐綯很快官至宰相啊！

可是李商隱沒有，因為在政治理念上他確實更贊同李德裕，他沒有按照現實的得失利害來決定政治立場。

知其不可為而為之，是為品德與氣節。如果這些還不夠，那就再讀讀他那些借古諷今的詠史詩吧：

—**賈生**—

宣室求賢訪逐臣，賈生才調更無倫。
可憐夜半虛前席，不問蒼生問鬼神！

—**隋宮**—

紫泉宮殿鎖煙霞，欲取蕪城作帝家。
玉璽不緣歸日角，錦帆應是到天涯。
於今腐草無螢火，終古垂楊有暮鴉。
地下若逢陳後主，豈宜重問後庭花？

還有那句諷刺唐玄宗的「如何四紀為天子，不及盧家有莫愁」，把皇帝祖宗拉出來如此吊打，這要放在清朝，全家死十次都不夠啊！

就這樣一個比鋼板還硬的耿直小夥兒，你說人家是「具無特操」的「無行文人」?!

瞎吧你們！

「千百年下，生人之權，不在富貴，而在直筆者！」

歷史的眼睛，是雪亮的。

9.

妻子去世後，李商隱雖萬念俱灰，但為著膝下一雙小兒女，生活依然要繼續。這些年來，他靠山山崩，靠樹樹倒，只是做個小幕僚而已，竟也沒一段可幹長久。接下來，他又要到巴蜀入幕討生活了。

一個彤雲密布的冬日，李商隱在咸陽驛站別過送行的親友，黯然向西，踽踽獨行，走著走著，天上開始飄起了雪……

——悼傷後赴東蜀辟至散關遇雪——

劍外從軍遠，無家與寄衣。
散關三尺雪，回夢舊鴛機。

妻子走了，再也不會有人在風起雪落時，在鴛機前為自己趕製棉衣了。千山暮雪，隻影向誰去？

在巴蜀任職的日子裡，節度使柳仲郢對李商隱分外體恤關照，還打算在幕府樂營中挑選一個花魁娘子給他做妾，卻被李商隱婉言相拒了。

妻子是他心中的一彎月，再亮的星也替代不了。

一個瀟瀟細雨的秋夜，李商隱又一次夢見了妻子。在夢中，她殷勤相問自己何時返家？淚水打濕了枕席，寂寂長夜裡，李商隱從哭泣中醒來……他點亮燭火，淚眼矇矓中寫下一首詩，一首在他所有情詩中最簡單、卻最深情的詩：

——**夜雨寄北**——

君問歸期未有期，巴山夜雨漲秋池。
何當共剪西窗燭，卻話巴山夜雨時。

你問我何時歸去，我也不知道哪一天能停下這漂泊的腳步，窗外秋雨下個不停，一點一滴漲滿了整個池塘。什麼時候我才能和你一起坐在家裡的西窗下，一邊剪著跳躍的燭花，一邊訴說這綿綿雨夜裡，我對你無盡的思念……

可是，再也不會有那一天了。

這首詩名為《夜雨寄北》，卻是一首再也寄不出去的詩。

畢飛宇說，李商隱筆下的這場雨是中國詩歌史上最漫長的一場秋雨。是啊，這場秋雨淅淅瀝瀝，一千多年來，下到了每一個讀者的心裡。

那一點一滴落下來的，不是雨，是李商隱心中無邊無際的思念。那慢慢漲滿秋池的，也不是雨水，是李商隱那無盡的孤獨、寂寞和憂傷。

聽，雨還在下。

10.

八五七年，四十六歲的李商隱最後一次回到長安。不是有了進京為官的機會，而是他的身體再也支撐不住四海漂泊的腳步。落葉歸根，他計畫帶兒女回返滎陽老家。臨行前的一個午後，他獨自登上長安城南的樂遊原，因為心中的預感告訴他，這次離開可能就再沒機會回來了。

讓我最後眺望一眼這片永遠縈繞在心間的熱土吧！

長安，再見了！我的青春，我的夢！

——**登樂遊原**——

向晚意不適，驅車登古原。
夕陽無限好，只是近黄昏。

多麼美好，多麼溫暖的夕陽啊！只可惜終將隕落。

可是隕落的只有太陽嗎？

不，還有我那「永憶江湖歸白髮，欲回天地入扁舟」的畢生之志，有心中「春蠶到死絲方盡，蠟炬成灰淚始乾」的繾綣情深，更有「死憶華亭聞唳鶴，老憂王室泣銅駝」的家國憂患……

我並不甘心，可又能怎樣？

我已經沒有力量去改變什麼，時代和現實也從未給我機會。

不如歸去，只有歸去。

11.

─錦瑟─

錦瑟無端五十弦，一弦一柱思華年。
莊生曉夢迷蝴蝶，望帝春心託杜鵑。
滄海月明珠有淚，藍田日暖玉生煙。
此情可待成追憶，只是當時已惘然。

回到故居不久後，李商隱用一生的況味譜寫出這最後的一首無題詩，然後孤寂地離開了這個對他薄情一生的世界。

這是一首把文字之美鍛造到極致的詩，也是一首在意義上朦朧到無解的詩。

千百年來，無數人孜孜以求想要探明這首詩的真意所在——愛情說，悼亡說，自傷身世說，千人千口，眾說紛紜，時至今日，卻依舊茫然無解。

為什麼非要苛求一個標準答案呢？

這首詩之所以能夠打動每一個人，不正在於它的無可指實嗎？

因為沒有唯一的答案，所以它可以擁有無數解釋：

如果你情路坎坷，那麼可待成追憶的就是一份愛而不得的深情；如果你人生崎嶇，那這首詩就是一聲年華似水的嘆息；如果你夢想受阻，那它就是一首壯志未酬的輓歌……

我們生命中有答案的事情已經太多了，保留這一份朦朧之美吧。

感謝李商隱，讓我們心中那些莫可名狀的情愫和百轉千迴的心事，在這首詩中找到了最好的註解和歸宿。

12.

又到了最後總結和評價的時刻。

毫無疑問，李商隱是晚唐詩壇上最為瑰麗的一顆星。

即使放到整個唐代，他也蔚為大家，可當之無愧地躋身李杜之後的第二梯隊。甚至從某種角度來說，他比李白杜甫還要厲害。在他之前，無數唐詩大咖已將所有能寫的素材都寫盡了。

在這樣的形勢下，他獨闢蹊徑，轉向自己幽深的心靈世界，獨創朦朧淒婉的無題詩，用自己至真至純的情與愛，把文字的意象和境界之美，推向了一個無可企及的巔峰！

他還是詩人中體裁最全能的絕世高手，幾乎是唐代唯一一個將近體詩、古體詩、四六駢文等所有形式都寫到第一流的人。

所以人們評價他：既是一個集大成者，又是一個傑出的創新者，甚至可以說是唐詩的終結者。

然而，就是這樣一個不世出的詩壇天才，卻始終遭人誤解，以至潦倒平生，從沒得到過施展理想的機會——虛負凌雲萬丈才，一生襟抱未曾開！

說到底，他只是想在無謂的黨派鬥爭中保有獨立的人格和自由選擇權，這又有什麼錯？作為一個極致的理想主義者，李商隱的一生，恰如他筆下的一首詩：

—**天涯**—

春日在天涯，天涯日又斜。
鶯啼如有淚，為濕最高花。

他多像一朵傲立在枝頭最高處的花兒呀，即使在淒風冷雨的世界裡，也永遠為真和美，深情地綻放著。

備註：

1. 李商隱的大多數無題詩，意義為何，寫給誰，自古以來，爭議不斷。所以這篇對於詩歌和故事之間的關聯，多屬一家之言。
2. 另，《夜雨寄北》究竟是李商隱寫給妻子，還是寫給朋友的，學術界亦無定論。我個人傾向是夫妻情深之作，所以在文章中的解讀方式亦屬個人演繹，特此聲明。

周公子每期一問

李商隱，寫完你的一生心裡太難過了，嗚嗚嗚……
不用說了，我都懂……
又是一個知音啊！
哎，當年戀愛太順利～
你那些纏綿悱惻的情詩都沒用上，好遺憾啊……
好想重新談戀愛……
扎心了，還以為你是在心疼我……

第二季

第一集

李白與杜甫

我對你的友誼，與全世界無關

1.

大唐天寶四年（七四五年），魯城（今山東曲阜），山間村舍的客房內，清晨的秋日陽光穿透窗戶，溫暖地灑滿了大半個房間。

杜甫醒了，李白還在睡。

杜甫睡眼惺忪地向窗外望了望，明亮的陽光刺得他更加睜不開眼，於是他本能地扭過了頭，望向床榻另一側依然鼾聲如雷的李白，就這樣怔怔地望了好一會兒。

忽然他伸出手使勁地擰了自己大腿一把，疼痛感讓他差一點驚呼出來：「天啊！真的不是在做夢！」

曾經遠在天邊的偶像如今近在眼前，昨天還手把手來到山裡找隱居的老范喝酒擼串，喝高了就倒在同一張榻上，酣然共眠……

想到這兒，杜同學抑制不住內心強烈的幸福感，提筆向全世界宣告了他們的偉大友誼：

余亦東蒙客，憐君如弟兄。
醉眠秋共被，攜手日同行。
——《與李十二白同尋范十隱居》

2.

那麼，這場偉大的友誼是怎麼開始的呢？讓我們從一年前說起。

天寶三年（七四四年），傲嬌爆表的李白不滿工作中大材小用的尷尬處境，裸辭出京。是的，那個令無數文人墨客豔羨不已的金飯碗——翰林待詔，李白同學說不要就不要了。

老子明明是隻大鵬鳥，玄宗卻把哥當金絲雀養著，這是對哥政治才華的侮辱啊！

一句話：不能忍！

失業之後的李白，又開始了浪跡天涯的生活。不知不覺，就來到了河南——這可是我們杜大叔的地盤啊！彼時的杜大叔剛結婚不久，正在河南老家預備下一次的進士考試。

於是不得了的事情發生了，唐詩江湖中的兩座巍峨高山就這樣相遇了！

具體他們如何結識，我們不得而知，也許是在李白同學的粉絲見面會上，也許是在某一場文學派對上。總之他們不僅一見如故，還相約一起漫遊梁宋（今開封、商丘）。

彼時的杜甫雖然在詩壇上還是沒沒無聞的小角色，但已經寫出了「會當凌絕頂，一覽眾山小」這樣的名句，才華和潛力都是看得見的。所以李大哥雖已名揚天下，但對這位小兄弟還是十分欣賞的。說到這裡，申明一下，由於性格和文風的差異，很多人誤以為杜甫比李白老，在這裡鄭重科普一下：李杜相遇時，李白四十四歲，杜甫三十三歲——李白比杜甫大十一歲，大十一歲，大十一歲。

重要的事情說三遍。

對於這次文學史上的偉大相遇，一千年後，詩人聞一多有一段著名的評論：「我們該當品三通畫角，發三通擂鼓，然後提起筆來蘸飽了金墨，大書而特書。因為我們四千年的歷史裡，除了孔子見老子（假如他們是見過面的），沒有比這兩人的會面，更重大，更神聖，更可紀念的。」

3.

不過，在當時，這二位可完全沒料到這一點，他們唯一在乎的是：兄弟們在一起，怎麼耍得開心點！這一次老天爺很慷慨，覺得兩個人玩可能還不夠熱鬧，就把當時也在河南附近打轉的另一位盛唐大詩人，也安排進來了。

這個人就是高適，彼時還是杜甫的跟班小弟。

兩年後，他將寫出「莫愁前路無知己，天下誰人不識君」這樣的猛句。不過，這都是後話了。

三位大神集結完畢後，白天縱馬圍獵，遊仙訪道，晚上則喝酒擼串，吟詩作賦，逍遙得一塌糊塗。當然，時不時他們也會聊一下「濟蒼生，安社稷」「致君堯舜上，再使風俗淳」之類的偉大命題。

很多年以後，杜甫臥病滯留夔州。人老了，便格外地喜歡回憶。他常常在黃昏日落時，坐在院子裡的籐椅上，回想著哥仨曾經「放蕩齊趙間，裘馬頗清狂」的快意時光，衰老的嘴角掛著癡癡的笑：

昔者與高李，晚登單父台。
寒蕪際碣石，萬里風雲來。
——《昔遊》

憶與高李輩，論交入酒壚。
兩公壯藻思，得我色敷腴。
——《遣懷》

當時，李白和高適，早都已經先他而去了。

4.

而現下玩得正嗨的杜甫，對自己顛沛流離的後半生，尚沒有半點預料。但他依然很憂傷，因為分別的日子到來了。

這天，杜甫心事重重地轉著手中的酒杯：「太白兄，接下來去哪裡耍呀？」

李白抬手仰脖，杯酒落肚，然後袖袍一揮：

「回山東，想我的兩個娃娃了！」

杜甫的眼眸瞬時亮了：「太好了！我老爸正好在山東上班，明年我去探親，咱們再約啊！」

「好，一言為定！」

「捎著我一起啊！」高適滿嘴飯菜地跟著瞎起鬨。

於是第二年的春天，他們三人在濟南又見面了，然後再度分手。

到了秋天，李白杜甫卻又暗搓搓地私下在兗州重聚了。是的，這一次，他們沒再叫上高適。

這是一段美好至極的二人時光。他們攜手遍遊孔孟之鄉的山山水水，感情越來越深厚，杜甫筆下的「醉眠秋共被，攜手日同行」，就是出自此時。

不僅如此，他們還寫詩互相戲謔：

—**戲贈杜甫**—

飯顆山頭逢杜甫，頂戴笠子日卓午。
借問別來太瘦生，總為從前作詩苦。

我在飯顆山頭碰到杜甫，大中午的他戴個斗笠，估計是怕曬黑，叫「子美」果然很臭美，一個夏天不見，他又瘦了，這哥們寫詩寫得太痛苦了！

杜甫也不甘示弱，馬上回贈了一首：

—**贈李白**—

秋來相顧尚飄蓬，未就丹砂愧葛洪。
痛飲狂歌空度日，飛揚跋扈為誰雄。

到了秋天我們又見面了，哥兒倆都還是沒啥長進，像飛蓬一樣飄來飄去，光顧著玩兒修仙大業都落下了。

天天除了痛飲狂歌，沒幹一點兒正經事，還拽得跟二五八萬似的，這樣下去不行啊！

——大家一定要相信，凡是閒著沒事互掐的，絕對都是真情。

5.

可惜，相聚的時光總是短暫的，某一天，杜甫又轉起了酒杯，神情凝重：「太白兄，再過幾天我要走了……」

「去哪兒？」

「去長安，考科舉，報效國家！」

這次輪到李白傷感了。兄弟要去追夢了，他由衷地為他高興，卻也為自己感到迷茫……子美的夢才剛剛開始，而自己的夢已經碎了一地，還撿得起來嗎？

最後的幾天，李白的話變少了，酒卻喝得更多了。臨別的那天，石門下，他們依依惜別：

—**魯郡東石門送杜二甫**—

醉別復幾日，登臨遍池台。
何時石門路，重有金樽開。
秋波落泗水，海色明徂徠。
飛蓬各自遠，且盡手中杯。

離別就在眼前，讓我們一起把風景看遍。什麼時候能再次相見啊，到時一定要喝個痛快！泗水河上秋波蕩漾，徂徠山上翠色蒼茫，你我馬上就要像飛蓬一樣各自飄遠，啥也別說了，一醉方休吧！

當時的杜二甫，很年輕很天真，對西去長安充滿了信心：「太白兄，等我中了進士做了官，咱們再聚，很快的！」

李白笑了笑，想說：長安哥是混過的，沒你想得那麼容易……可看著杜甫那張年輕而又激情洋溢的臉，話到嘴邊，李白改了口：「加油，子美，你可以的！」

如果他們知道，此次一別，漫漫餘生將再無相會之日，也許杜甫會多留幾天，也許李白會多說幾句鼓勵的話。

可惜，他們都以為，還會有「重有金樽開」的那一天。

6.

這之後，他們過得都不怎麼樣，杜甫尤其喪。但不管杜甫被生活虐得有多慘，在他心中，一直堅守著一件事，天崩地裂都無法動搖，這件事就是：

思念李白，牽掛李白。

比如到長安不久，他就寫出了著名的《飲中八仙歌》，處心積慮拉來七個人做配角。

搭了好大一個戲台子，其實主要就為了刻畫李白：

李白斗酒詩百篇，長安市上酒家眠。
天子呼來不上船，自稱臣是酒中仙。

人物、地點、事件、台詞，設計得活靈活現。隔著一千年，杜大叔硬是給我們傳來了一段李白同學賣萌發酒瘋的小視頻！

跟別人喝酒，誇對方時也不忘捎帶上李白：

近來海內為長句，汝與山東李白好。

要說寫長句，還要屬你和我的太白兄最厲害！

聽說孔巢父要離開長安去江東，杜甫趕緊跑來參加送別宴，因為當時李白正在江東啊！宴席上，他劈里啪啦給人家寫了一首長詩，其實主要目的就是最後兩句話：

南尋禹穴見李白，道甫問訊今何如。

你到了江東，一定要對李白說，迷弟杜甫問他在那兒過得好不好。忘了說明一下，這個孔巢父也是李白的老相識，早些年他們在山東一起搞過一個叫「竹溪六逸」的文學組合。

春天，杜甫在想李白：

——**春日憶李白**——

白也詩無敵，飄然思不群。
清新庾開府，俊逸鮑參軍。
渭北春天樹，江東日暮雲。
何時一樽酒，重與細論文。

這篇感情濃烈到我忍不住要跳出來翻譯：

我太白兄的詩天下無敵，他高超的才思更是無人能與爭鋒！他的詩既有庾信的清新，又有鮑照的俊逸，簡直就是天才！

如今，我獨自在渭北望著春樹，而太白兄則在江東遙看著晚霞，我們天各一方，相互思念，什麼時候才能再在一起把酒論詩啊！

冬天，他還在想李白：

——冬日有懷李白——

寂寞書齋裡，終朝獨爾思。
更尋嘉樹傳，不忘角弓詩。
短褐風霜入，還丹日月遲。
未因乘興去，空有鹿門期。

哎，在書房裡鼓搗折騰了一整天，翻箱倒櫃找太白兄的詩……

7.

後來安史之亂，李白誤上了永王李璘的賊船，先坐牢後流放，有段時間甚至音信全無，生死未卜。

杜甫擔心得要死，晚上一閉眼，腦海裡全是李白：

江南瘴癘地，逐客無消息。
故人入我夢，明我長相憶。
——《夢李白二首．其一》

浮雲終日行，遊子久不至。
三夜頻夢君，情親見君意。
——《夢李白二首．其二》

你看，能接連三個晚上都夢見李白！要知道，這時候他們已分別十幾年，中間再沒見過面。

涼風吹起時，他又擔心李白在流放途中是否吃得飽、穿得暖：

—**天末懷李白**—

涼風起天末，君子意如何。
鴻雁幾時到，江湖秋水多。
文章憎命達，魑魅喜人過。
應共冤魂語，投詩贈汨羅。

操心操到這個分上，都快趕上李白他媽了。

而且你以為當時杜甫自己的日子好過嗎？錯了，那時他正流落秦州同谷，一家老小連飯都吃不飽，還要跑到山谷裡挖野菜、撿橡果，都快活成野人了：

歲拾橡栗隨狙公，天寒日暮山谷裡。

就是這麼艱苦的日子裡，他還無時不刻不在掛念李白。

哎，讓我們怎麼忍心告訴杜大叔，其實人家李白當時已經被赦還了，而且返程路上處處有粉絲款待，日子過得比他美多了。這不，此刻正跟幾個死忠粉漫遊洞庭，把酒賞月呢！

——遊洞庭湖五首．其二——

南湖秋水夜無煙，耐可乘流直上天。
且就洞庭賒月色，將船買酒白雲邊。

嘖嘖，詩寫得那是真叫一個好，心那是真叫一個大。此時此刻，真的很想給李大哥打個穿越電話：

「李太白，你還記得石門路上依依惜別的杜子美嗎？」

8.

如果要問杜甫一生最看重的朋友是誰，看到這兒，傻子都知道是李白。

盛唐詩人中，杜甫跟高適、岑參、王維等都有深淺不一的交往，但你能想起杜甫為他們寫過什麼詩嗎？寫是寫過，但是都不多，也不紅。

杜甫寫友誼最深情最感人的詩，都是給李白的。

在他現存詩作中，與李白有關的有二十多首，分別後單獨寫給李白的就有十首，而且幾乎篇篇都是名作。同時代描述李白最傳神的詩句，幾乎都出自他筆下。

除了前面提到的，比較出彩的，還有形容李白詩才的：

- 筆落驚風雨，詩成泣鬼神。
- 敏捷詩千首，飄零酒一杯。

以及惋嘆李白命運的：

- 冠蓋滿京華，斯人獨憔悴。
- 千秋萬歲名，寂寞身後事。

可以說，如果沒有杜甫的這些詩，李白在後世的眼中，形象不會那麼清晰，那麼鮮明，那麼呼之欲出。

杜甫像一個高明的攝影師，全方位無死角地為我們拍下了李白各個側面的經典剪影。

支撐這一切的，是他對李白那深不見底的深厚友誼。

大家可能要問了，杜甫為李白寫過這麼多詩，那李白為他寫過多少呢？

答案是：現存三首。一起玩耍時寫過的兩首，前面咱們聊過了。還有一首，寫於分別後：

——**沙丘城下寄杜甫**——

我來竟何事，高臥沙丘城。
城邊有古樹，日夕連秋聲。
魯酒不可醉，齊歌空復情。
思君若汶水，浩蕩寄南征。

寫得可以說是也很用心、很深情了，尤其最後一句。但不知為什麼，這首詩一點也不紅，十個人裡九個半不知道。

更要命的是，偏偏李白寫給其他朋友的詩，都紅了。

9.

比如，寫給偶像孟浩然的，可謂無人不知、無人不曉：

——**黃鶴樓送孟浩然之廣陵**——

故人西辭黃鶴樓，煙花三月下揚州。
孤帆遠影碧空盡，唯見長江天際流。

還有寫給「七絕聖手」王昌齡的：

——**聞王昌齡左遷龍標遙有此寄**——

楊花落盡子規啼，聞道龍標過五溪。
我寄愁心與明月，隨風直到夜郎西。

甚至就連粉絲去碼頭送個行，也送出了一段千古名篇：

—贈汪倫—

李白乘舟將欲行，忽聞岸上踏歌聲。
桃花潭水深千尺，不及汪倫送我情。

最占便宜的還是元丹丘，請吃一頓飯，就被李白寫進了巔峰之作《將進酒》中：

岑夫子，丹丘生，將進酒，杯莫停。
與君歌一曲，請君為我傾耳聽。

李白的所有名篇裡，都沒杜甫什麼事兒。雙方一對比，落差實在太大了。於是，很多人看不下去了。

10.

對李白杜甫這段看起來不怎麼對稱的友誼，後世基本是兩種態度。一種是義憤填膺，扠起腰來指著李白鼻子罵：

李白，你也太過分了！石門一別，除了一首《沙丘城下寄杜甫》，就沒下文了，害得人家詩聖十幾年為你牽腸掛肚、夜不能寐，你的良心就不會痛嗎？

還有一種是和諧派，想盡各種辦法為李白打掩護。比如找補說，可能李白也為杜甫寫過很多詩，但是不巧都散佚了。也有的說雙方性格不同嘛，一個細膩，一個豪放，所以表達方式不一樣。

以上，說的都有一定道理，但是重要嗎？我認為不重要，一點兒都不重要。而且我還要斗膽地說一句，杜大叔也一定覺得這些不重要。

大家想想看，一個寫出過「安得廣廈千萬間，大庇天下寒士俱歡顏！……吾廬獨破受凍死亦足！」的人，會去考慮「我對李白的友誼有一百一十分，李白對我的友誼有幾分」這樣幼稚的問題嗎？

不會的，絕對不會。

我們要是這樣想，那就太小看杜大叔了。

對杜大叔來說，在這個世界上，能有李白這樣一個人，讓他發自內心地崇敬、欣賞、牽掛，本身就是一種幸福和幸運啊！

因為杜大叔一定懂得：真正的友誼本就是無所企圖的，我喜歡那個傢伙，想要和他在一起，如果他有了麻煩，我忍不住就要去幫他。

這不就是友誼該有的樣子嗎？

愛情裡，有一句話說得很好：我愛你，與你無關。我想這句話也同樣適用於李白和杜甫的友誼。自從他們相識，杜甫一定在心裡默默說過：

李白，我崇拜你！這一生，我將永遠把你視為最重要的朋友去牽掛、去祝福，而這一切，與你無關。

周公子每期一問

李白，怎麼解釋你寫給杜甫的詩都不紅？
ZGZ
因為都沒入選教科書嘛！
都是我的錯，我自己不夠紅，所以寫給我的詩也不紅……
可是杜甫寫給你的詩沒入教科書也很紅耶……
?!
嘖嘖，寧可自黑也要保護偶像，果然是好哥兒們啊！

第二季

第二集

李白與崔顥

黃鶴樓前，李白為何敗給了崔顥？

1.

有件事情，李白一直不服氣。起因是這樣的：

大約在三十幾歲時，李白漫遊江夏，與好友韋冰同遊當地名勝黃鶴樓。

當時李白自認詩才逆天，所以這次到黃鶴樓，打算出大招——為黃鶴樓題一首代言詩。

何謂代言詩？

就是一提起泰山，你馬上會吟出杜甫的「會當凌絕頂，一覽眾山小」。一說到滕王閣，你的腦海中立刻浮現王勃的「落霞與孤鶩齊飛，秋水共長天一色」。

再過三百年，人們登上岳陽樓，都會想起范仲淹的「先天下之憂而憂，後天下之樂而樂」。

李白要的就是這個效果。

要麼不寫，要寫就寫到極致，寫到讓後人下不了筆。

懷著這樣的目標，李白自信滿滿地登上了黃鶴樓，聞訊而來的粉絲們早就備好了上等的筆墨紙硯，就等著圍觀偶像揮灑神作了。

2.

李白卻不著急，慢慢踱到了黃鶴樓的題詩壁前……嗯，先來看看別人都是什麼路數。首先，映入眼簾的是這麼一首：

漢廣不分天，舟移杳若仙。
秋虹映晚日，江鶴弄晴煙。

署名：宋之問。
寫得還算朗朗上口，但是沒有任何思想情感嘛。
接下來是這樣一首：

城下滄浪水，江邊黃鶴樓。
朱闌將粉堞，江水映悠悠。

署名：王維。
哈，是那個一出道運氣就好到爆的小子寫的。詩如其人，太淡了，沒餘味……

李白邊看，邊不停搖頭：「呵呵，不是我瞧不起各位，今天一過，這面牆可以刷掉了。」

點評至此，方欲轉身提筆，角落處，又一首詩映入眼簾：

昔人已乘黃鶴去，此地空餘黃鶴樓。
黃鶴一去不復返，白雲千載空悠悠。
晴川歷歷漢陽樹，芳草萋萋鸚鵡洲。
日暮鄉關何處是，煙波江上使人愁。

不得了！

這首詩前兩聯民歌風味濃郁，景到言到，語如聯珠，且氣韻連貫，猶如行雲流水。讀來使人有「手揮五弦，目送歸鴻」之感。

實在太流暢，太自然了！

而後兩聯呢，對仗工整，音律諧美，描摹景色，歷歷如畫。結尾更匠心獨運，以「鄉關何處是」嘆問人生的終極歸宿，氣格高遠，餘韻悠長。

牛！實在太牛了！挑不出一點毛病來。

李白讀完，登時就定住了：

「這是誰把本人的千古大作提前給寫了出來？」

3.

這首詩的作者叫崔顥。他筆下的這首《黃鶴樓》，後來被宋代詩評家嚴羽評為：「唐人七言律詩，當以崔顥《黃鶴樓》為第一。」

大家想想看，這可是在牛人無數，佳作如雲的唐朝啊！能評上七言律詩第一，是什麼分量。比嚴羽的評價更具說服力的，是李白當時的反應。

據元代《唐才子傳》記載，李白讀罷這首詩後，長嘆一聲，擲筆而去：「眼前有景道不得，崔顥題詩在上頭！」

當然，這極可能是小說家戲言，未必可信。但不可否認的是，這首神作的確給李白留下了不可磨滅的心理陰影。想想自己當年誇下的那些海口，什麼「日試萬言，倚馬可待」，什麼「興酣落筆搖五嶽，詩成笑傲凌滄洲」，在這首詩面前，全都碎成了渣……好吧，黃鶴樓是沒法寫了。為了不讓粉絲們白跑一趟，那就寫寫江心的鸚鵡洲吧：

——**鸚鵡洲**——

鸚鵡來過吳江水，江上洲傳鸚鵡名。
鸚鵡西飛隴山去，芳洲之樹何青青。

煙開蘭葉香風暖，岸夾桃花錦浪生。
遷客此時徒極目，長洲孤月向誰明。

不好意思，崔顥。你的詩寫得太絕了，就算我不擅長七律，也忍不住要模仿一把。

雖然我是李大哥的超級腦殘粉，但此時也忍不住想說一句：「偶像，你的仿作比人家的原版，真的差了不是一點半點啊！」

4.

我們李大哥是何其驕傲的人。這一次拚不過，那就下一次，哥是不會認輸的。

一轉眼，到了天寶年間，李大哥從人生制高點供奉翰林的位置走下來，繼續雲遊四海。某一天，他登上了金陵古都的鳳凰台，憑弔歷史，回看自身，想到自己身負大才卻報國無門，李大哥頓覺滿腔鬱悶無處宣洩……正要扭頭去喝酒，忽而心中一動，黃鶴樓的前塵往事，又浮上心頭：

「這是一個絕地反殺的好機會啊——你寫黃鶴樓，那我就寫鳳凰台！不壓過你誓不甘休！」

於是，就有了那首著名的七律《登金陵鳳凰台》：

鳳凰台上鳳凰遊，鳳去台空江自流。
吳宮花草埋幽徑，晉代衣冠成古丘。
三山半落青天外，二水中分白鷺洲。
總為浮雲能蔽日，長安不見使人愁。

不得不說，這一次李大哥寫得很走心。

上一首《鸚鵡洲》不敵崔顥的《黃鶴樓》，是毫無爭議的。這篇雖然模仿的痕跡依然很明顯，卻已具備了一較高下的水準。

那麼最終是否如李大哥所願，一舉壓倒《黃鶴樓》了呢？

5.

孰優孰劣，自己說了不算，還得看人們群眾的口碑。

事實上，關於這兩首詩的對比，自古至今，從沒停止過。亮出我的底牌前，咱們先來看看前人究竟支持誰？

除了前面的嚴羽直接蓋棺定論，說《黃鶴樓》為唐人七律第一外，力挺崔顥的評論還有以下……

清人沈德潛在《唐詩別裁集》中說崔顥之詩：「意得象先，神行語外，縱筆寫去，遂擅千古之奇」；蘅塘退士選編的《唐詩三百首》也把《黃鶴樓》編排在七言律詩卷的第一首，成為七律「壓卷之作」，而將李大哥的《登金陵鳳凰台》放在第六首。明顯認為崔詩更佳。

還有清初的吳昌祺在《刪訂唐詩解》中也點讚《黃鶴樓》說「千秋絕唱，何獨李唐！」更說李白之作：「起句失利，豈能比肩《黃鶴》？」

毒舌評論家金聖嘆更是對李白此作大肆嘲諷，說李大哥當時就應該直接藏拙，不必仿作出醜。（哎呀，這嘴確實夠毒……）

除此之外，也有不少人是兩邊都誇，誰都不得罪。

比如，宋末元初的方回，在《瀛奎律髓》中說兩首詩：「格律氣勢，未易甲乙。」南宋劉克莊也說：「真敵手棋也！」都是說雙方棋逢對手，不相伯仲。

為《李太白全集》做註的清人王琦，也跟著和稀泥，說什麼「調當讓崔，格則遜李」。

說了這麼多，那有沒有人力挺我們李大哥呢？

也是有的。

明人瞿佑就旗幟鮮明地站隊李大哥：認為《鳳凰台》遠超《黃鶴樓》，如同諸葛亮之才能十倍於曹丕！還給出了支撐自己觀點的論據，認為勝負主要取決於結尾兩句——李白結尾的「愛君憂國之思」，遠勝崔顥結尾一身一己的「鄉關之念」。

現代學者施蟄存老師也持相同意見，從思想高度、格律嚴謹、章法句式等逐一論證，得出李白之作是青出於藍而勝於藍的結論。

6.

好了，說了這麼多，該我亮牌了。

其實在我眼裡，兩首同為登臨懷古的雙璧，都是一流作品。清代《唐宋詩醇》的說法深得我心：

「崔詩直舉胸情，氣體高渾；白詩寓目山河，別有懷抱。其言皆從心而發，即景而成，意象偶同，勝境各擅。」

但是如同前面所言，做中間派比較沒意思。

所以，如果非要較出個高低之分的話，那麼對不住李大哥，我要把手裡的這張票投給《黃鶴樓》。（再次聲明，我是李大哥的真愛粉！真愛粉！）

為什麼投給《黃鶴樓》呢？

首先，在通篇渾成、朗朗上口這點上，毫無疑問是《黃鶴樓》勝出，從人民群眾的傳唱程度來看，就可以簡單粗暴地得出結論。

可能有人沒聽過李白的《鳳凰台》，但幾乎無人不曉《黃鶴樓》。再者，我不認同前人所述的：李白結尾的「愛君憂國之思」境界高於崔顥結尾的「一己鄉關之念」。在這點上，我和學者張立華先生持相同看法：

「崔詩結尾其實並非簡單的『鄉關之念』，而是以『鄉關』比喻人生的歸宿——生活的歸宿、思想的歸宿、靈魂的歸宿，可以說是人人都要面對的一個終極哲學命題。」

這也是為什麼《黃鶴樓》最後一句會特別觸動人心的原因——漫漫人生路，誰不曾叩問過自己人生的歸宿在何處？

而且退一步講，就算崔詩抒發的僅為單純的鄉關之愁，怎麼就比愛君憂國之愁低一等了呢？

一家不思何以思天下？

每個人都有鄉愁，卻不一定都有李大哥那樣高遠的用世之心。

一言以蔽之，不論崔顥結尾抒發的是人生歸宿之問還是單純的鄉關之念，都比李白之詩更易引發共鳴，擁有更廣泛的群眾基礎。

這一點，毋庸置疑。

所以綜合來講，雖然李白這首七律亦不失為佳篇傑作，但在人民群眾的口碑中，崔詩整體上還是以壓倒性的優勢勝出。

7.

不過，喜歡李大哥的朋友們也別失落。

其實李白和崔顥還有過一次暗戰，而且我們李大哥還輕而易舉地獲勝了！那一次，他們比拚的是五言古詩。

哼，七律寫不過你，古風可是哥的拿手戲。

就這樣，崔顥寫了描繪採蓮女子與青年男子偶然相識、（可能）相戀的《長干曲四首》：

君家何處住？妾住在橫塘。
停船暫借問，或恐是同鄉。
家臨九江水，來去九江側。

同是長干人，自小不相識。
下渚多風浪，蓮舟漸覺稀。
那能不相待？獨自逆潮歸。
三江潮水急，五湖風浪湧。
由來花性輕，莫畏蓮舟重。

李白便緊隨其後，寫了男女主從小是鄰居、手把手一起長大版的《長干行》：

妾髮初覆額，折花門前劇。
郎騎竹馬來，繞床弄青梅。
同居長干裡，兩小無嫌猜。
十四為君婦，羞顏未嘗開。
低頭向暗壁，千喚不一回。
十五始展眉，願同塵與灰。
常存抱柱信，豈上望夫台。
十六君遠行，瞿塘灩澦堆。
……

李大哥這篇比較長（寫自己擅長的體裁就煞不住車啊），所以我只節選了上半部分，不過就這樣，戰況也已經很明顯了。

毫無疑問，李大哥完勝！

原因很簡單，沒有這首《長干行》，哪來的「青梅竹馬」「兩小無猜」這麼美好的成語？

8.

透過以上的分析，我們不難看出，李白真的是一個相當好學的人。對好的作品極其敏感，讀到後會第一時間學習、消化，然後化為己用。由此可見，李大哥能夠傲視群雄，站在唐詩之巔，絕不僅僅只是靠天賦，其背後的努力和勤奮同樣不可或缺。

但我們也必須承認，即使天才如李白、好學如李白，也不是全能的。

第一場較量，李白之所以會敗給崔顥，在我看來，很大一層因素在於李白的性情與天賦本就不適合寫七律。

大家都知道李大哥為人狂放恣意、性情瀟脫，最嚮往自由自在，受不得半點拘束，不然也不會好好的待詔翰林說不做就不做了。這樣的性情去寫七律，太束縛、太不盡興了！

因為七律是對字數句數、平仄押韻、黏合對仗等，要求限制非常嚴格的一種詩體。讓李白寫七律，就像把雄鷹關進籠子裡，撲騰不開啊！所以其一生流傳下來的詩歌雖有近千首，七律卻不超十首。

清人所編的《李詩直解》中就曾說：「太白詩任俠豪放，不拘法律。五言近體尚多合作，至七言律詩則似古非古，似律非律。即其佳作如《鳳凰台》《鸚鵡洲》，亦不得入為正聲也。」

李大哥最擅長的，還是古體詩。比如像《長干行》這樣的五言古詩，就可輕鬆勝出。因為五言古詩沒有一定的格律，不限長短，不講平仄，用韻也相當自由。

正合李白的胃口。

再想想李大哥的代表作《蜀道難》《夢遊天姥吟留別》之類，無不都是句式參差錯落、長短自由、不拘一格的古風體裁。

這樣的詩體，才最適合李大哥噴薄而出、一瀉千里的敏捷詩才啊！

我常想，當李白喝著酒，划著拳，輕輕鬆鬆揮灑出巔峰之作《將進酒》時，有沒有瞬間頓悟，仰天長嘯：

「哥跟人家拚什麼七律啊，古風才是哥的絕殺技好嗎！」

周公子每期一問

李大哥，
幹嘛非得和崔顥較勁？
為啥不能？
你是大咖，名作屬不清，
人家小人物出一首代表作
容易嗎？
呃……
哼，我們天才的宗旨就是……
走別人的路，
讓別人無路可走！

第二季

第三集

李白番外篇1

為何我總愛望向那片月？

1.

不知道大家發現沒有，一提起李白，一般人印象最深的，總是他「超越常人」的那部分。

比如有才傲嬌——什麼國忠捧硯，力士脫靴，玄宗親手給盛飯，喝高了皇帝也叫不動（天子呼來不上船）。

再比如土豪任性——好好的工作說辭就辭（翰林待詔），一輩子正經上班的時間也就兩、三年，卻整天五花馬，千金裘，好像從來不差錢。

還永遠瀟灑自在，無牽無掛——什麼說走就走的旅行，對李大哥來說那就是日常標配，一年到頭不是在外面耍，就是在出去耍的路上……

嘖嘖，這麼爽的人生，感覺也是沒誰了。

所以一說起這位李大哥，人人心底都有一句吶喊：

如果能重來，我要做李白！

可問題是：一千年前真實的李白，真如我們想像得這般無憂無慮、隨心所欲嗎？

不好意思，我又要來打破大家對偶像的幻想了。

因為當我對李白了解得越多，就越發現，一直以來，我們太過於神化李大哥的這些仙人特質了，完全忽略掉了他身上的煙火氣息。

其實，李白也和我們普通人一樣，煩惱憂愁樣樣有——比如，漂泊在外、孤獨寂寞冷時，他也常會哭哭啼啼地想家。

是的，你沒看錯。

李白也會想家，因為他終究是人不是仙。

2.

李白最後一次望見故鄉的明月，是在二十四歲的那個秋天。當時的他風華正茂，文能「作賦凌相如」，武可「殺人都市中」，還跟著身為縱橫家的名師趙蕤，學了一身的治國經略之術。

嗯，裝備已齊，是時候去外面的世界看看了。

——**峨眉山月歌**——

峨眉山月半輪秋，影入平羌江水流。
夜發清溪向三峽，思君不見下渝州。

在一個月色清冷的秋夜，年輕的李大哥告別親友，獨自乘舟出峽。乍離故鄉，未免依依不捨。

李白回首西望，只見高峻的峨眉山頂銜著一輪彎彎的秋月，月色鋪展在水中，隨江迤邐向東，與自己一路相伴。

江行見月，如見親朋。

李大哥傷感悵惘的臉上，頓時浮上一抹暖暖的笑：等著我呀故鄉的月，很快我就會衣錦還鄉的。

3.

可惜，李白很快就發現，外面的世界很精采，也很無奈。

自己出川後四處拜訪達官貴人，卻「十謁朱門九不開」，所帶的萬貫家財也因為大手大腳、隨意施捨而很快散盡。酒肆歌坊間結交的江湖朋友一下子都不見了蹤影。

獨在異鄉的李白，開始飽嘗世態炎涼、人情冷暖。

偏偏此時他又大病一場，貧病交攻加上舉目無親，差一點就命喪他鄉。

你說這種時候，是你你想不想家？

——秋夕旅懷——
涼風度秋海，吹我鄉思飛。
連山去無際，流水何時歸。
目極浮雲色，心斷明月暉。
芳草歇柔豔，白露催寒衣。
夢長銀漢落，覺罷天星稀。
含悲想舊國，泣下誰能揮。

時間過得真快啊，不知不覺又是一個秋天，轉眼間自己離家已經兩年了。秋風吹過海面，吹來了寒意，更吹起了我的鄉思。可故鄉遠隔雲山萬重，拖著病體向西遙望，除了連綿無際的山巒什麼也看不到，流水不停奔騰，何時才能帶我回到故里啊……

除了這首大家不怎麼熟悉的《秋夕旅懷》，這期間李白寫的思鄉詩中，還有大名鼎鼎、堪稱萬千華人熟知的《靜夜思》：

床前明月光，疑是地上霜。

舉頭望明月，低頭思故鄉。

是啊，夜深人靜，月光滿地，教人如何不想家？

同期寫給師父趙蕤的信中，也是濃得化不開的思鄉情，什麼「國門遙天外，鄉路遠山隔」，什麼「故人不可見，幽夢誰與適」……

如此高頻率的思鄉詩，不難看出當時病臥異鄉的李大哥想家想到什麼程度。

可是光陰飛逝而功名未就，再想也不能回啊！

4.

三年後，已在湖北安陸結婚安家的李白，在地方上的干謁奔走依然毫無成效，為了心中的理想，他不得不北上長安求職。

到長安後，他「歷抵卿相」，壓著自己的傲氣到各個王公貴族府上投詩文、遞履歷，卻依然是處處碰壁一頭包。

為了排遣壯志難酬的鬱悶之情，離開長安後他四處漫遊，來到了東都洛陽。

一個春風宜人的夜晚，喧囂了一天的洛陽城隨著夜幕四合而歸於靜寂。李白獨自一人在客棧裡，伴著孤燈，喝著寡酒，盤算著未來的出路。

忽然，遠遠地有笛聲飄來。

靜夜裡，這笛聲是如此淒清、婉轉，隨著春風吹遍了整個洛城。李大哥不由得聞聲而起，倚窗獨立，望向窗外的一輪明月。因為他聽出來了，這笛子吹奏的乃是一支思鄉懷家的《折楊柳》。

在清悠綿長的笛聲中，李白想起了自己出川的那個夜晚，夜空中也是這樣的一輪明月，千里照離人。

一轉眼，居然十年過去了，故鄉的一切都還好嗎？

今夜，峨眉的山月，是否也這樣皎潔地照著家鄉和親人？

想到這裡，李白再也抑制不住內心的傷感之情，提筆在月光下寫就一首動人的《春夜洛城聞笛》：

誰家玉笛暗飛聲，散入春風滿洛城。
此夜曲中聞折柳，何人不起故園情。

再等等我呀，故鄉的山水明月。我一定會成功的，咱們到時見！

5.

終於，皇天不負有心人。

四十二歲那年，李大哥在玉真公主、賀知章等人的舉薦下，奉詔入京，一步登天，走到了玄宗跟前。

可惜，一切榮光不過是曇花一現，此時的玄宗早已不是當初勵精圖治的明君，而他也從未把李白看作是「濟蒼生，安社稷」的廟堂之才，君臣之間只談風月、不涉國事。

於是，不到三年，一個傲嬌裸辭，一個順水推舟，李大哥就這樣被賜金放還了。一下子從御用文人跌落到社會最底層，李大哥的心理落差我們不難想像。然而最令他痛苦的不是一切又回到了原點，而是從宮廷出來後，自己還能往哪個方向努力？

迷茫之中，他又開始了第二次長期漫遊。表面上看是縱情山水，好不愜意，可背後的孤獨、苦悶和憂傷，又有誰人能解？

這一時期，旅途中的猩鳴猿啼，常會催發他強烈的思歸之情：

• 清猿斷人腸，遊子思故鄉。

•向晚猩猩啼，空悲遠遊子。
•故鄉不可見，腸斷正西看。

其中，最觸動人心的，還當屬那首字字啼血的《宣城見杜鵑花》：

蜀國曾聞子規鳥，宣城還見杜鵑花。
一叫一回腸一斷，三春三月憶三巴。

此時的李白已五十五歲，從二十四歲「仗劍去國，辭親遠遊」，歷經三十年的勞苦奔波，換來的卻只有仕途失意和人生漂泊。

在宣城看到開得正豔的杜鵑花，他忽然想起了家鄉的杜鵑鳥（子規鳥又名杜鵑）。是啊，在家鄉蜀中，每逢暮春時節杜鵑花開，子規鳥就會開始泣血啼叫呀！想到這兒，李白不由得淚凝於睫，好像身邊有無數隻杜鵑鳥在環繞悲鳴：

不如歸去，不如歸去，不如歸去……

可是如何歸去呢？

自己本想功成名就再榮歸故里，而如今人至暮年，卻依然兩手空空，出蜀時吹下的牛皮言猶在耳，又有何面目去見蜀中父老？

6.

再之後，把無數詩人推入深坑的安史之亂爆發了。

一心想要藉此建功立業的李大哥站錯隊、跟錯人，因加入永王幕府而慘遭牢獄之災，後來又被判長流夜郎。後來萬幸被赦還，歸途中，李白在江夏與一位來自故鄉的峨眉僧人相逢。

老鄉見老鄉，兩眼淚汪汪。

得知蜀僧是應詔入京，送別之際，李白為這位同鄉寫下來了一首千古奇詩：

——**峨眉山月歌送蜀僧晏入中京**——

我在巴東三峽時，西看明月憶峨眉。
月出峨眉照滄海，與人萬里長相隨。
黃鶴樓前月華白，此中忽見峨眉客。
峨眉山月還送君，風吹西到長安陌。
長安大道橫九天，峨眉山月照秦川。
黃金獅子乘高座，白玉麈尾談重玄。
我似浮雲殢吳越，君逢聖主遊丹闕。

一振高名滿帝都，歸時還弄峨眉月。

為什麼說這是一首千古奇詩呢？

大家來看，這首詩只有十六句，卻從頭到尾不斷提及「峨眉」二字，什麼「憶峨眉」「月出峨眉」「峨眉山月」「峨眉客」「峨眉月」……

在一首詩中，所詠之物如此高頻率地反覆出現，在李白詩集中，找不出第二例。甚至，放大到整個中國詩歌史上，也可說是絕無僅有。

說它是奇詩，還在於這首詩的邏輯簡直匪夷所思：

大家發現沒，在這首詩裡，李大哥霸道地認為，不管哪裡的月亮，都是他們四川的峨眉山月。他走到哪兒，故鄉的明月就跟到哪兒——「與人萬里長相隨」。不僅照著他自己，還「照滄海」「照秦川」，人家滄海和秦川的明月不應該是「滄海月」「秦川月」嗎？怎麼會是你老家的「峨眉月」呢？

李白卻不管，反正我們峨眉山月照全球，哥說是就是！

這首詩李大哥通篇沒有一個字說想家，卻是我眼裡最催人淚下的思鄉詩。

因為峨眉山月，就是李白一生一世的鄉愁。

一振高名滿帝都，歸時還弄峨眉月——這誠然是他對家鄉蜀僧的美好祝願，但又何嘗不是他對自我人生的期許和規畫？

可惜，此時此刻，他知道自己實現理想的希望已然微乎其微，那魂牽夢繞的故土也可能萬難再回……回首崎嶇人生路，永遠陪在自己身邊的，就只有頭頂的這一輪「峨眉山月」啊！

在李白心中，它早已是故鄉和親人的代名詞。

這之後不久，李白病逝安徽當塗。終其一生，他沒能回到故鄉，再看一眼心心念念的峨眉月。

7.

今人不見古時月，今月曾經照古人。
古人今人若流水，共看明月皆如此。

如今，當我們抬首望月，想到千年前的李白就是在這同一輪明月下鄉思戚戚，寫下那些動人詩篇，我們的目光怎能不為之柔軟，我們的內心又如何不為之泛起陣陣漣漪。

明月啊，謝謝你曾陪伴著那個漂泊終生的遊子，給他以溫暖和慰藉。

周公子每期一問

李大哥，你對於「要是能重來，我要做李白」某句歌詞怎麼看？
呃……一輩子不回家怕是受不了……
這還用問？寫完這篇文章，你還願意嗎？
哼，沒錯吧！只看到哥到處浪蕩，沒看見哥吃了多少苦頭……

第二季

第四集

李白番外篇2

對不起，我不是一個好爸爸

1.

唐，天寶七年（七四八年）。東魯兗州。

正值暮春時節，和風吹柳綠，暖日映花紅。一幢臨街的酒樓前酒旗飄揚，車來人往。樓東一株桃樹倚窗怒放，灼灼其華。

不多時，樓內轉出一個十三、四歲的少女，高鼻深目，神清骨秀，正當喜樂無憂之年，眉宇間卻頗有惆悵之色。

只見她行至桃樹下，折下一截開得正旺的花枝，而後倚樹望遠，湛湛有神的雙目熱切地望著大路以南，似乎是在等候什麼人。

紅日西沉，她期盼的人一直沒有出現。

大路上，一對到田野中耍放紙鳶的父子興盡而歸，談笑往還，父親邊走邊愛憐地幫手舞足蹈的孩子整理著散亂的髮髻。

少女眼神中閃過一絲豔羨，而後垂首，眼淚簌簌落下，手中的桃花被打濕，愈發嬌豔。

此時，樓中又轉出一個少年，與少女約略齊肩，然稚氣未脫，顯是更為年幼。他行至少女身旁，不置一語，緩緩低下頭，也哭了。

夕陽送來霞光萬丈，兩個人在一樹繁花下相對而泣。

2.

此時，在金陵，一個四十多歲的中年男子正舟行江上。

清風徐徐，兩岸的桑麻一片新綠，他卻眉頭緊蹙，無心賞看。須臾，他從行裝中抽出筆墨素帛，開始縱意揮毫，然筆勢淩亂，可見其心中煩憂：

吳地桑葉綠，吳蠶已三眠。
我家寄東魯，誰種龜陰田？
春事已不及，江行復茫然。
南風吹歸心，飛墮酒樓前。
樓東一株桃，枝葉拂青煙。
此樹我所種，別來向三年。
桃今與樓齊，我行尚未旋。

吳地的桑葉又綠了，吳地的蠶兒已三眠。我的家遠在東魯，家中的田地有誰勞作？一年的春耕又成空，望著淼淼江水，我的心中一片茫然。多希望南風能吹起我的歸心，飛送到家中的酒樓前。我家樓東有桃樹一株，枝條高聳，上拂青雲。此樹是我臨行所種，如今一別三年；樹當與酒樓齊高，我卻仍未還家……

寫到這裡，中年人思及留守在東魯家中的一雙兒女，心下大慟。再動筆，手已微微顫抖：

嬌女字平陽，折花倚桃邊。
折花不見我，淚下如流泉。
小兒名伯禽，與姊亦齊肩。
雙行桃樹下，撫背復誰憐？
念此失次第，肝腸日憂煎。
裂素寫遠意，因之汶陽川。

我的寶貝女兒名叫平陽，手折花朵倚在桃樹邊盼我歸家。折下桃花卻等不到我，淚下如流泉。我的小兒名伯禽，個頭該和姊姊一樣高了，姊弟倆並行在桃樹下，雙雙落淚。

母親早已去世，父親遠遊在外，又有誰會來撫背愛憐他們呢？想到這裡我不由方寸大亂，肝腸憂煎。只能撕片素帛寫下這份掛念，寄給遠在汶陽川的兒女。

一詩題罷，中年人不禁迎風灑淚；江中來往穿梭的船隻，岸上碧綠的桑田，漸行模糊。

3.

中年男子名李白。

正是文首那一雙兒女日夕思念、苦苦等候的父親。上面那首用語平易卻悸動人心的詩作，叫作《寄東魯二稚子》。

人人都知道，李白是四川人，出川後於湖北安陸娶妻生子。如今又怎會將家庭子女置於東魯，且一去三年而不顧呢？

這又要從將近二十年前說起。

李白自二十四歲出川，漫遊至二十七歲仍功名無著。家財散盡後於湖北安陸迎娶了相門之女許小姐。

> 許相公家見招，妻以孫女，便憩於此，至移三霜焉。——《上安州裴長史書》

此後，他在安陸度過了十年家庭時光。

十年間他不斷向湖北各地官員上書干謁，均告失敗。後更曾東遊吳越，南泛洞庭；一邊漫遊大好山河，一邊尋求仕進之路，結果仍一無所獲。

在詩中，他概括這段時間是「酒隱安陸，蹉跎十年」。

然縱觀李白一生歷程，其出川後最平穩、最幸福的日子，其實恰是這十年時光。政治上的不遇他終生都沒能擺脫，但此時期他最起碼有一個溫暖的家，有知冷知熱的妻子和一雙可愛兒女。可惜婚後十年，妻子許氏不幸早逝。

李白本就是入贅妻家，妻子去世則更顯寄人籬下。且從其詩文中可知，由於性格上的傲岸不羈與坦蕩無遮，他為安陸當地許多官員所不容，似乎頗得罪了一些人。

種種因素，都迫使他不得不遷居他鄉。

李白就此攜一雙兒女，移家東魯兗州。此地為孔子故鄉，境內既轄曲阜，又涵泰山，乃儒家學說的發源地。

素來抱負遠大的李白，或許覺得儒家聖地可成為自己實現政治理想的新起點。

4.

後來，李白果然在東魯得償所願，奉詔入京。

收到詔書後，他從與孔巢父等山東名士一起隱居的徂徠山返回家中，激情洋溢地寫下了這首《南陵別兒童入京》：

白酒新熟山中歸，黃雞啄黍秋正肥。
呼童烹雞酌白酒，兒女嬉笑牽人衣。
高歌取醉欲自慰，起舞落日爭光輝。
遊說萬乘苦不早，著鞭跨馬涉遠道。
會稽愚婦輕買臣，余亦辭家西入秦。
仰天大笑出門去，我輩豈是蓬蒿人。

此詩一說作於東魯，曲阜南有陵城村，人稱南陵；一說作於安徽省南陵縣。作為一個山東人，此時我必須厚顏無恥地置學術精神於不顧，義不容辭站隊東魯（正經臉）。

從「呼童烹雞酌白酒，兒女嬉笑牽人衣」一句，可見當時他的一雙兒女年紀尚小，並不知父親即將遠遊，見其歸來，興高采烈相迎，牽著李白的衣角嬉笑親昵，樂不可支。

此後李白入京一去兩年，一雙幼兒誰人照應？

這個問題，與李白同時代的一位鐵桿粉絲魏萬或許能夠給我們答案。

此人因愛慕李白之才，曾跨越萬水千山追尋偶像，相逢後二人一見如故，同遊數月，遂成忘年之交。李白更將生平所有詩文交付與他，託其編訂成集。後來魏萬果然踐行，並在詩集序文中，留下了很多有關李白生平的第一手資料。

比如，從中我們可得知，李白移家東魯後，曾與一位山東婦人共同生活過，且生下一子名曰頗黎。不難想像，子女年幼，李白卻能放心西去，正是因為有這位婦人幫忙照料。

及至後來，也許是因為聚少離多，也許是因為李白被賜金放還、仕途失勢，這位婦人最終帶著兒子頗黎與李白分道揚鑣。

此後，在李白寫給子女的詩中，都只見平陽、伯禽，未見頗黎。

5.

兩年後，李白辭卻翰林待詔，曾折返東魯與子女團聚，並用玄宗賞賜的金銀購置田產酒樓，以圖生計（與迷弟杜甫攜手遨遊就是這段時間）。

然而，作為一個被詩歌之神選中的人，注定李白將無法以凡人自持。於是很快，他又開始南下漫遊，尋求新的政治機遇。

迄今所存李白筆涉子女的全部詩篇，都出自這之後。

從前在湖北安陸，雖然他也曾多次離家漫遊，但孩子有母親與族人照料，何須掛懷。後雖移家東魯，自己又西入長安，然畢竟是飛黃騰達之際，想必那位繼母也不至虧待其兒女。

如今，一切都不同了。

此次離家，我們相信李白也一定委託了在魯地最可信任之人照拂兒女，但畢竟不是家人，與從前不可同日而語。

此後的漫遊中，李白便常常流露出對一雙兒女的深切牽掛：

我固侯門士，謬登聖主筵。
一辭金華殿，蹭蹬長江邊。
二子魯門東，別來已經年。
因君此中去，不覺淚如泉。

——《送楊燕之東魯》

離別子女一年後，因有朋友要去東魯，李白寫詩送別，由此想到自己的一雙兒女，禁不住淚流如泉。到離家三載時，牽掛之情更甚，除了前文提及的《寄東魯二稚子》，李白又委託前往東魯的友人代為探望：

我家寄在沙丘傍，三年不歸空斷腸。
君行既識伯禽子，應駕小車騎白羊。

——《送蕭三十一之魯中兼問稚子伯禽》

我家寄居在東魯沙丘旁，三年未回，一想起來就心碎腸斷。君是見過我的孩兒伯禽的，回到東魯還請去看看他，這小子現在應該能騎著白羊駕著小車到處溜達了吧。

6.

再後來，安史之亂爆發，李白的一雙兒女仍在東魯。

愛子隔東魯，空悲斷腸猿。
林回棄白璧，千里阻同奔。

此期間，他的一位江湖門人武鄂，曾主動請纓要到東魯幫他接應孩子：

門人武諤，深於義者也。……聞中原作難，西來訪余。余愛子伯禽在魯，許將冒胡兵以致之，酒酣感激援筆而贈。

可惜，兵荒馬亂中並沒有接應成功。

直到李白五十多歲，因投奔永王而落獄潯陽時，其子女依舊滯留東魯。有其在獄中所做詩篇可證：

穆陵關北愁愛子，豫章天南隔老妻。
一門骨肉散百草，遇難不復相提攜。
——《萬憤詞投魏郎中》

意思是，自己身遭大難而孩子們還遠在山東，妻子隔在江南（第二任妻子宗氏），一家人分離星散，無法互相扶助……

在獄中所作的另一首求救詩裡，也說自己「星離一門，草擲二孩」。

萬幸的是，後來李白遇赦放還，彼時安史之亂也已平定，子女終得趕來團聚。

在他去世前一年，曾有詩篇提及：

醉罷弄歸月，遙欣稚子迎。

意思是說自己大醉後乘著月色回家，遠遠看見兒子在門前等候，心中不禁大感歡慰。

7.

父子相聚次年，李白於當塗去世。

那麼此後平陽與伯禽境遇如何呢？平陽的結局比較明確，在鐵桿粉絲魏萬為李白所編的詩集序言中，有所交代：

女既嫁而卒。

平陽出嫁不久後就去世了。伯禽的情況則要周折一些。

唐憲宗元和十二年（八一七年），李白去世後五十五年。這一年，安徽來了一位叫范傳正的官員，此人在整理其父所留詩篇時，發現自己父親居然與李白頗有交情，還曾一起在潯陽把酒夜宴。

范傳正讀到後十分感慨，深感自己應該為這位偉大的詩人做些什麼。於是便開始尋訪李白後人，一直找了三、四年，終於找到了李白的兩個孫女——也就是伯禽的兩個女兒。

彼時，這兩個孫女都已嫁與當塗本地農人。

范傳正與其交談中，發現她們雖已是農婦打扮、衣著樸素，但仍進退有據，舉止嫺雅，頗見其祖父風範。

相見與語，衣服村落，形容樸野，而進退閑雅，應對詳諦，且祖德如在，儒風宛然。——范傳正《唐左拾遺翰林學士李公新墓碑並序》

范傳正向二人問起家世身道，才知道伯禽早已去世，姊妹倆還有一個兄長，外出雲遊十幾年了，不知所終。

父伯禽，以貞元八年不祿而卒，有兄一人，出遊一十二年，不知所在。

父親伯禽在世時只是一介布衣百姓，故而她們也只能嫁與當地農夫，並無田地，以桑蠶謀生，生活十分困窘。但以她們當前的身分、境況，又實在羞於向當地官員求告，擔心辱沒了祖上聲譽。

如今因官員尋訪，在鄉閭逼迫下，才不得不忍恥來告。

「父存無官，父歿為民，有兄不相保，為天下之窮人。無桑以自蠶，非不知機杼；無田以自力，非不知稼穡。……久不敢聞於縣官，懼辱祖考。鄉閭逼迫，忍恥來告。」言訖淚下，余亦對之泫然。

兩姊妹言罷紛紛淚下，范傳正聽了也十分難過，問姊妹倆有什麼要求，自己可盡力幫扶。

姊妹倆說祖父李白葬在當塗的龍山，但他生前一直非常喜歡另外一座青山，因為那座山是他最喜歡的詩人謝朓曾經讀書的地方。她們希望能滿足祖父生前所願，將其移葬青山。

之後，在范傳正主持下，李白墓遷葬到青山腳下。

范傳正因十分同情這兩個孫女，便想幫她們改嫁到士族人家。沒想到，兩人一口否決。

告二女，將改適於士族。皆曰：「夫妻之道命也，亦分也。在孤窮既失身於下俚，仗威力乃求援於他門。生縱偷安，死何面目見大父於地下？欲敗其類，所不忍聞。」余亦嘉之，不奪其志，復井稅免傜役而已。

她們說夫妻之道乃天命所致，既已在落魄之時嫁給農夫，如今又怎能仗著官威改嫁他門。否則，將來有何面目去見九泉之下的祖父呢？范傳正聽罷很是感動，就為他們免除了一些賦稅徭役，減輕其生活負擔。

再之後，李白去世八十年時，有個名叫裴敬的後人前來當塗拜謁憑弔，當地人告訴他說，李白的孫女已有五、六年沒來掃墓了，可能也已去世。

8.

故事講到這裡，本該結束了，我卻一再忍不住自問：

為什麼我要寫這樣一篇文章？它平淡無趣，且又無助於李白的光彩與偉大。難道是為了黑李白？告訴大家他是個多麼不稱職的父親？

不是的。

我知道天才並非完人，甚至越是天才，越有大缺陷。

李白是不世出的天才詩人，同時也是不夠盡責的父親，這毋庸置疑，也無須迴避與遮掩。可是我不想，也沒有資格站在上帝視角去批判什麼，那是他的生活和選擇，他也承受了與之對應的痛苦與代價。

想來想去，促使我下筆的其實是以下幾句詩：

嬌女字平陽，折花倚桃邊。
折花不見我，淚下如流泉。
小兒名伯禽，與姊亦齊肩。
雙行桃樹下，撫背復誰憐？

這四十個字，如同一幀幀的電影畫面，自從讀到便深深地縈繞在我的腦海裡，揮之不去。

隔著千年時空，那個桃樹下折花流淚的少女，那個與姊齊肩、相向而泣的少年，是如此的清晰與真實，以至常常在某個靜寂的時刻觸痛著我的心靈。

讓我覺得除了垂淚與嘆息，一定還要做點什麼。

然而，又能做點什麼呢？

或許也只能寫下這些文字，寄託一份鬱結已久的祈願：

我是多麼深深地、深深地期盼，當李白不在身邊的日子裡，他的子女曾被這個世界溫柔以待啊。

周公子每期一問

第二季

第五集

白居易番外篇

在我心中，一直有個她

1.

元和二年（八〇七年），白居易正任職盩厔縣尉。

某日，他於野外瞥見一株含苞待放的薔薇，煞是喜愛，遂將其移植到自己的住所庭前。栽植停當後，白大人順手拍了張照，在社群網站發了個訊息：

——**戲題新栽薔薇**——

移根易地莫憔悴，野外庭前一種春。
少府無妻春寂寞，花開將爾當夫人。

花兒呀花兒，把你移植到我家你可別傷心，不論野外還是庭前都是一樣的春天，少府我到現在還是個單身漢，就等你開花做我媳婦兒啦！不承想，這條訊息一出，瞬間就上了熱搜榜。全國的女孩都沸騰了，恨嫁的留言潮水般洶湧：

「天哪！偶像居然還單身！要什麼花兒當老婆！讓我來！」

「樂天，我家就在盩厔，有房有車，明天咱們就去登記吧！」

有些入戲太深的女粉絲，甚至直接在留言區開撕：「看你頭像就是鋼鐵女漢子，老娘這種窈窕淑女才最配樂天好不好！」

太瘋狂了。

白居易苦笑著搖搖頭，默默地關了機。

此時的白居易，雖官職不高，但在詩壇已是紅到發紫、鋒頭無兩的中唐一哥——因為，就在前一年，他剛寫出了有唐以來最牛的長篇敘事詩《長恨歌》。

這是一首現象級的詩歌。一夜之間，全國的癡男怨女都改了網路簽名，熱戀的全是「在天願作比翼鳥，在地願為連理枝」，失戀的則清一色「天長地久有時盡，此恨綿綿無絕期」。

當然，白居易本人，也憑藉這首盪氣迴腸的愛情詩，一舉成為大唐所有待嫁女青年的夢中情人。

2.

這一年，白居易三十六歲，依然單身。

這太不正常了。古代沒有晚婚晚育這一說，蘇軾不到二十歲就結婚了，李白杜甫晚一些，也沒超過三十歲。就算到了二十一世紀的今天，過了二十五歲沒對象，回家過年都是件壓力山大的事兒。可以想見，在法定婚齡十幾歲的唐代，白居易得被七大姑八大姨催成什麼鬼樣子……（唐代法令規定：男十五，女十三當婚。）

按說老白有才有權，顏值也不低，就算稱不上鑽石王老五，在當時的婚戀市場也絕對是搶手貨，這樣一個大好青年，怎麼會一直是單身漢呢？用腳趾頭想也知道，其中必有蹊蹺。

依我對兩性關係極其有限的認知來說，所有大齡未婚者基本無外乎兩種情況：

一、條件好，眼光高，匹配不到中意的。（反之，條件太差也一樣。）

二、心裡有人，放不下。

第一種相對好辦些。調整心態，認清自我，適當降低標準或提高個人競爭力，基本上問題也就解決了。第二種就難多了。

談過戀愛的都知道，心裡裝進去一個人，有時只是一瞬間的事兒，想要把他或她趕出來，卻往往要耗上一輩子。

偏偏老白同學就是第二種。

3.

讓我們一起把時光倒回到二十五年前。

這一年，十一歲的白居易，為避家鄉戰亂，隨家人遷居到父親的任官所在地——徐州符離（此地今為安徽宿州符離鎮，唐代屬河南道徐州所轄）。在這裡，他認識了一個比自己小四歲的鄰家女孩兒，名為湘靈。小姑娘聰穎可愛，活潑外向，還略通音律，與少年白居易十分投緣。

這之後，他們的關係完全可說是李白《長干行》開頭的現實版：

妾髮初覆額，折花門前劇。
郎騎竹馬來，繞床弄青梅。
同居長干裡，兩小無嫌猜。

白居易常教湘靈識字、讀詩，湘靈則為他彈奏琵琶、講述村野趣事。他們偕同玩耍，朝夕不離，是彼此最好的朋友。慢慢地，隨著年齡增長，兩個人的感情自然而然地從「兩小無猜」過渡到了「兩情相悅」。

到白居易十九歲那年，十五歲的湘靈在他眼中已是亭亭玉立勝天仙：

—**鄰女**—

娉婷十五勝天仙，白日嫦娥旱地蓮。
何處閒教鸚鵡語，碧紗窗下繡床前。

可惜，當他們感情產生變化的那一刻，也就意味著一段悲劇被開啟。

4.

唐代十分看重門第，官宦之家結親，首選「五姓七望」。

傳說唐文宗給自己的太子物色太子妃時，相中了宰相鄭覃的孫女。可鄭宰相卻毫不稀罕，轉頭就把孫女嫁給了一個九品小官兒崔皋。原因就是鄭家與崔家都屬「五姓」士族，是真正的門當戶對。唐文宗雖然內傷得要死，也只能硬憋著。因為在唐人眼裡，「五姓七望」就是比皇族還尊貴，當時有句傳得很廣的順口溜叫作：崔家醜女不愁嫁，皇家公主嫁卻愁。

白居易家雖不在五大望族之列，卻也算書香門第的官宦人家，而湘靈卻只是普通的平民之女。在當時，超越門第和身分的愛情並非沒有，但無一例外，他們都會被阻攔在婚姻的大門外。畢竟，能娶到一個高門貴族之女，不僅說出去有面子，還能大大助力仕途，何樂而不為？

任何年代，現實的人總是占多數。比如，其中的典型代表就有白居易後來的死黨元稹——為了自己的遠大前途，對表妹始亂終棄不說，還寫了篇《鶯鶯傳》，把分手的責任都推到人家妹子身上，啊呸！

但我們的老白不一樣，他是真心實意想娶湘靈。

5.

愛一個人，是藏不住的。

很快，白居易老媽就察覺出了異樣，於是毫無懸念地開始棒打鴛鴦。貞元九年冬，二十二歲的白居易母命難違，跟隨父親前往襄陽。愛情得不到父母的祝福，被迫與熱戀的心上人分離，白居易心下淒苦，一路上每經高處，便忍不住在寒風中再三回首，熱淚滾滾：

—寄湘靈—

淚眼凌寒凍不流，每經高處即回頭。
遙知別後西樓上，應憑欄干獨自愁。

真正彼此相愛的人，眼中從來沒有自己。就像此時的白居易，明明自己的心已經碎了一地，卻一心牽掛惦念著獨倚西樓、暗自心傷的湘靈。

旅途中，他夜夜孤枕難眠，灑淚成冰：

——寒閨夜——

夜半衾裯冷，孤眠懶未能。
籠香銷盡火，巾淚滴成冰。
為惜影相伴，通宵不滅燈。

還沒抵達襄陽，就開始期待著再相見的那一刻：

——長相思——

汴水流，泗水流，流到瓜洲古渡頭。
吳山點點愁。
思悠悠，恨悠悠，恨到歸時方始休。
月明人倚樓。

汴水長流，泗水長流，流到長江那古老的渡口；遠遠望去，江南的群山也似凝聚著無限哀愁；思念呀，怨恨呀，哪裡才是盡頭，除非歸來與你相聚才會甘休……

一年後，其父卒於襄陽任上，白居易回到符離守喪三年。與湘靈別後再見，情意更甚，二人小心翼翼地躲避著白母，尋找一切機會偷偷相見。而白母棒打鴛鴦的決心也是十分堅定，守喪期滿後，又將白居易安排到江南的叔父家，為考取功名做準備。到了江南，不論是西風乍起的九月，還是暖風熏人的二月，對白居易來說，思念湘靈是讀書之外唯一的主題。

—**長相思**—

九月西風興，月冷露華凝。
思君秋夜長，一夜魂九升。
二月東風來，草坼花心開。
思君春日遲，一日腸九回。
妾住洛橋北，君住洛橋南。
十五即相識，今年二十三。
有如女蘿草，生在松之側。
蔓短枝苦高，縈回上不得。
人言人有願，願至天必成。
願作遠方獸，步步比肩行。
願作深山木，枝枝連理生。

當時，這對異地苦戀的情人，仍對未來抱有一絲幻想。認為白母之所以橫加阻攔，或許只是擔心白居易沉湎於兒女情長，誤了科舉功名。由此白居易廢寢忘食，不惜以犧牲健康為代價瘋狂苦讀。以期他日金榜題名時，亦能贏得洞房花燭夜。

6.

皇天不負有心人。二十九歲，白居易赴京趕考，一試而中。三十二歲，他任職校書郎，在京城立足已穩，計畫舉家搬遷長安。於是回到符離向母親懇求與湘靈成婚，卻依然遭到無情拒絕。婚事成空，白居易滿懷傷痛與湘靈訣別，寫下一首摧肝裂肺的《潛別離》：

不得哭，潛別離。不得語，暗相思。
兩心之外無人知。
深籠夜鎖獨棲鳥，利劍春斷連理枝。

河水雖濁有清日，烏頭雖黑有白時。
惟有潛離與暗別，彼此甘心無後期。

而深知再無相見之日的湘靈，在分手之際，贈予白居易兩件信物：一面刻有雙盤龍的銅鏡、一雙她親手縫製的繡花錦履。

——就讓它們替我永遠陪伴著你吧！

這兩件信物，後來白居易珍藏了一生。

這年秋天，身在長安的白居易，望著庭外隨風飄零的落葉，想到將近三十歲的湘靈依然堅守未嫁，禁不住情思難抑，熱淚橫流：

——感秋寄遠——
惆悵時節晚，兩情千里同。
離憂不散處，庭樹正秋風。
燕影動歸翼，蕙香銷故叢。
佳期與芳歲，牢落兩成空。

年華似水而去，而終成眷屬的願望卻依然遙不可及。明知希望渺茫，兩個人卻依然「兩情千里同」地苦苦煎熬著。

轉眼到了冬至，白居易因事宦遊在外，夜宿邯鄲驛舍，寫下著名的《邯鄲冬至夜思家》：

邯鄲驛裡逢冬至，抱膝燈前影伴身。
想得家中夜深坐，還應說著遠行人。

很多人都很喜歡這首詩，簡單樸素，卻令每一個遠行在外的人感同身受。但也許大部分人不知道，在那個冬至夜，除了家人，白居易輾轉難眠、深深思念的，還有一時不可遺忘的湘靈：

——冬至夜懷湘靈——

豔質無由見，寒衾不可親。
何堪最長夜，俱作獨眠人。

類似的詩句，白居易後來還寫過很多——「十五年來明月夜，何曾一夜不孤眠」「獨眠客，夜夜可憐長寂寂」……在那個孝道壓死人的年代，他只能以這樣的形式默默反抗著，希冀有一天能換來母親的體諒與成全。

可嘆的是，這份苦情虐戀，等來的終究是一場空。

7.

三十七歲那年，在母親以死相逼下，白居易終於還是同一位官宦之女成婚了。那麼有了家庭的白居易，是否就漸漸將湘靈淡忘了呢？

答案是否定的。有些人，注定要用一生來忘卻。

四十歲時，白母辭世，他和湘靈之間終於不再有障礙。可自己終究已經負了她，滄海桑田，一切都已回不去。一個瀟瀟細雨的長夜，白居易倚床不眠，在雨打芭蕉的沙沙聲中，思念毫無預兆地爬上心頭：

—**夜雨**—

我有所念人，隔在遠遠鄉。
我有所感事，結在深深腸。
鄉遠去不得，無日不瞻望。
腸深解不得，無夕不思量。
況此殘燈夜，獨宿在空堂。
秋天殊未曉，風雨正蒼蒼。
不學頭陀法，前心安可忘。

這是他所有寫給湘靈的詩中，我最喜歡的一首。言淺情深，無須任何解釋，愛過的人都懂。已到中年的白居易，就這樣依然對湘靈懷有刻骨銘心的思念。這期間，還有首詩記錄他曾無意中翻出湘靈當年送的銅鏡，睹物思人，傷感不已：

—**感鏡**—

美人與我別，留鏡在匣中。
自從花顏去，秋水無芙蓉。
經年不開匣，紅埃覆青銅。
今朝一拂拭，自照憔悴容。
照罷重惆悵，背有雙盤龍。

元和十一年（八一六年），白居易四十五歲，已經被貶江州。梅雨季節，他晾曬衣物，曬到那雙湘靈贈予的繡花錦履時，往事又一一浮現：

—**感情**—

中庭曬服玩，忽見故鄉履。
昔贈我者誰，東鄰嬋娟子。
因思贈時語，特用結終始。

永願如履綦，雙行復雙止。
自吾謫江郡，漂蕩三千里。
為感長情人，提攜同到此。
今朝一惆悵，反覆看未已。
人只履猶雙，何曾得相似。
可嗟復可惜，錦表繡為裡。
況經梅雨來，色黯花草死。

年近半百的白居易再次拿起這雙鞋子細細端詳，摩挲不已。

南方潮濕，鞋上的繡花已黯淡褪色，一如他傷痛之心——鞋子尚能成雙成對，而人卻早已形單影隻……十幾年過去了，白居易不僅一直珍藏著這雙鞋，且即使貶官千里，也特意提攜同往，只此一處，情深可見。

再八年後，五十三歲的白居易從杭州刺史任上去職回京，途中他特意去符離探訪湘靈。可惜，那個當年的「東鄰嬋娟子」，早已蹤跡難尋。

後來直到六十多歲，白居易再經符離，還無比傷感地寫下「三十年前路，孤舟重往還」，有學者說這應該也是因懷念湘靈所作。其中還有一句「啼襟與愁鬢，此日兩成斑」，則可能是想像湘靈也一定還在思念他……

是啊，人生那麼短，思念那麼長。這份癡纏了白居易一生的未果初戀，終究還是成了他心中一道無法癒合的永世傷痕。

8.

讀到這裡，大家也許能夠明瞭，為什麼《長恨歌》只有白居易能夠寫得出。因為，真正動人的作品，必須交付心靈。

四大名著中，緣何《紅樓夢》的地位要明顯高於其他三部？很大一部分原因在於，《紅樓夢》有自我表達的成分，背後有曹雪芹自己的靈魂與性情。

《長恨歌》也一樣，當我們讀懂了白居易和湘靈的癡情絕戀，也就明白了為何白居易對李楊的愛情會抱有那樣一份同情與悲憫。其實，剝去帝王貴妃的外殼，《長恨歌》又何嘗不是白居易自己的戀情悲歌？能將唐玄宗對楊貴妃的思念刻畫得那麼纏綿悱惻、細膩動人，又何嘗不是因為這一切本就是白居易親身有過的生命體驗？

甚至《長恨歌》中描述愛情最經典的句子，幾乎都脫胎於白居易給湘靈的詩：「夕殿螢飛思悄然，孤燈挑盡未成眠」與「何堪最長夜，俱作獨眠人」有何不同？「遲遲鐘鼓初長夜，耿耿星河欲曙天」與「夜長無睡起階前，寥落星河欲曙天」相似到何種程度？

「鴛鴦瓦冷霜華重，翡翠衾寒誰與共」與「豔質無由見，寒衾不可親」又是否曲異而工同？

那「惟將舊物表深情，鈿合金釵寄將去」的細節，靈感是否來自湘靈贈予的銅鏡與錦履？那「臨別殷勤重寄詞，詞中有誓兩心知」的深情，又是否移情於兩人曾經訣別時的山盟海誓？就連最經典的「在天願作比翼鳥，在地願為連理枝」，在寫給湘靈的《長相思》中也有其雛形：

> 願作遠方獸，步步比肩行。
> 願作深山木，枝枝連理生。

而文末那句「天長地久有時盡，此恨綿綿無絕期」，更是借李楊的死別之苦，道盡白居易與湘靈的生離之憾！

關於《長恨歌》的主題，也如紅學一樣，千百年來研究者眾，且爭論巨大。在我看來，也許白居易當時的創作初衷並沒有我們後人想得那麼複雜。

諷喻的成分有一些，感傷的成分也有一些，但毫無疑問，愛情才是這篇名作的核心主題。甚至可以說，如果沒有白居易自身的悲情苦戀，就算李楊的故事再驚天動地，也催生不出情傳千古的《長恨歌》！

9.

看到這兒，部分讀者可能會倍感困惑：

白居易既對湘靈終生難忘，為何晚年卻又蓄養歌姬，放縱自娱？與前文的一往情深，著實大相逕庭。關於這點，有學者從佛洛伊德的精神分析學入手，解釋為是初戀傷痛難以遣懷而產生的補償心理。

我對佛洛伊德的學說所知甚少，但每念及此，腦海中總不禁會想……那些青春靚麗的歌姬少女，身上一定多多少少都有一些湘靈的影子吧。或許，在白居易的內心深處，這份永生無法釋懷的愛戀恰如沈從文筆下所述：

「我行過許多地方的橋，看過許多次數的雲，喝過許多種類的美酒，卻只愛過一個正當最好年齡的人。」

周公子每期一問

唉～老白，真替你和
湘靈感到遺憾⋯⋯
嗚嗚嗚～
怎麼哭了呢？
是很遺憾，但曾經擁有，
也足慰平生了～
我戀愛太順利，
都沒機會體驗這種
缺憾之美呢～
呃⋯⋯

第二季

第六集

白居易與元稹

世間最好的友誼，是找到另一個自己

1.

大唐元和四年（八〇九年），春。

三十一歲的元稹任職監察御史，奉命出使東川。途經梁州，夜宿漢川驛，夢見與好友白居易、李杓直同遊曲江及慈恩寺，足足戲耍了一夜。直至天色將曉，亭吏傳呼備馬，夢境方斷。

醒來後的元稹就此題詩一首，寄往長安：

——梁州夢——

夢君同繞曲江頭，也向慈恩院院遊。
亭吏呼人排去馬，所驚身在古梁州。

同日，千里之外的長安。

慈恩塔下，柳垂金線，曲江池畔，桃吐丹霞。賞春踏青者熙熙攘攘，絡繹不絕。白居易和弟弟白行簡、好友李杓直隨著人群一番遊江攀塔後，轉入附近酒家，推杯換盞，談天說地。

忽然，白居易毫無來由地停住話頭，呆怔片刻後，起身行至櫃檯前，拿起店裡油膩膩的記帳筆，對牆揮灑：

——同李十一醉憶元九——

花時同醉破春愁，醉折花枝作酒籌。
忽憶故人天際去，計程今日到梁州。

而後提筆而立，喃喃自語：「算起來，微之今日該到梁州了吧？」

半個月後，白居易收到元稹來信，一看落款日期，大腿都拍腫了：「天啊，怎麼可能這麼巧！」

白行簡斜睨一眼，癟起了嘴：「嘖嘖，這心靈感應，你倆才是親兄弟！」

2.

說到這兒，也不怪白行簡羨慕嫉妒。

世間的事兒，哪有巧合到這般程度的？在異地相隔、不可能即時溝通的古代，兩個人對彼此的掛念，竟同時達到了百分百的重疊度：人物、地點、事件，嚴絲合縫。

以至千年之後，圍觀群眾依然忍不住發出聲聲天問：

「嘖嘖，這哥倆得是鐵到了什麼程度，方能如此千里神交?!」

要回答這個問題，得從貞元十九年（八〇三年）說起。

這一年，三十二歲的白居易和二十五歲的元稹在吏部考試中同登科第，一起當上了祕書省校書郎。

二人就此一見如故，惺惺相惜，譜寫出了一段志同道合、同舟共濟，令無數後人豔羨無已的神仙友誼。

用老白的話來說，做校書郎的三年裡，他們哥倆是：

- 一為同心友，三及芳歲闌。
- 花下鞍馬遊，雪中杯酒歡。
- 有月多同賞，無杯不共持。
- 幾時曾暫別，何處不相隨。

嘖嘖，你看，這兩人真是關係鐵得很。

這也是沒辦法的事兒，誰叫人家哥倆哪都像呢。

論才，白居易當時有紅遍京師的「離離原上草，一歲一枯榮」，元稹有家喻戶曉的傳奇小說《鶯鶯傳》，二人旗鼓相當，不分勝負。

論性情，白居易說元稹：

曾將秋竹竿，比君孤且直。

元稹說白居易：

愛君直如髮，勿念江湖人。

意思是說，兩人的性格如同一個模子裡刻出來的，都是疾惡如仇、不善逢迎的耿直青年。

而且除此之外，哥倆還都出身寒微、早年艱辛；又都曾因種種不得已的苦衷辜負了初戀的好姑娘。

再加上共同的文學主張（後來一起搞了新樂府運動），如出一轍的為官態度（朝堂之上，面對權貴，哥倆一個比一個更剛），導致兩個人每每看到彼此，內心都有一個聲音在吶喊：

「蒼天啊，這不就是另一個我嗎？」

偉大的物理學家霍金曾說過：

「人世間最讓人感動的，是遙遠的相似性。」

因此，深感「千金易得，知己難求」的二人，動不動就提筆寫詩，互訴衷腸：

自我從宦遊，七年在長安。
所得惟元君，乃知定交難。
……
不為同登第，不為同署官。
所合在方寸，心源無異端。

——白居易《贈元稹》

憶在貞元歲，初登典校司。
身名同日授，心事一言知。
肺腑都無隔，形骸兩不羈。

——白居易《代書詩一百韻寄微之》

看完先別急著吐槽老白的詩肉麻，因為元稹的更厲害。

任職校書郎三年後，白居易離開京城，出任外地縣尉。元稹倍覺失落，分外思念好兄弟：

昔作芸香侶，三載不暫離。
逮茲忽相失，旦夕夢魂思。
……
官家事拘束，安得攜手期。
願為雲與雨，會合天之垂。

——《酬樂天》

嘖嘖嘖，好一句「願為雲與雨，會合天之垂」，可以說是思念的極致了。別以為這是元同學一時激動，抒情過度。相識後的三十多年間，他們始終保持著如此深厚濃烈的友誼。

3.

比如，就拿開頭元稹出使東川來說吧，一路上元同學對老白各種心心念念，就連看到朵紅豔豔的花兒，也忍不住要寫詩告訴他：

深紅山木豔彤雲，路遠無由摘寄君。
恰似牡丹如許大，淺深看取石榴裙。

走了沒多久，發現還有淺色的花兒，那還等啥？繼續告訴好哥們！

向前已說深紅木，更有輕紅說向君。
深葉淺花何所似？薄妝愁坐碧羅裙。

發現任何美好事物，都要第一時間分享給對方。
——是鐵哥們沒錯了。
元稹如此，白居易自然也沒落下：

—**江樓月**—
嘉陵江曲曲江池，明月雖同人別離。
一宵光景潛相憶，兩地陰晴遠不知。
誰料江邊懷我夜，正當池畔望君時。
今朝共語方同悔，不解多情先寄詩。

明月之夜，清輝照人，白居易在曲江池畔抬首望月，苦思元稹，還堅信對方一定也佇立在嘉陵江岸懷想自己。

最神的是最後一句。

白居易猜測說，他和元稹看到彼此的詩，一定會同時後悔感嘆：

「哎呀！原來哥們也在惦念我，早知就應該早點寄詩表關懷。」

4.

好的友誼當然不只插科打諢。

西元八〇六年，因校書郎之職過於清閒、政治作為不大，二人於是雙雙辭職，躲進華陽觀裡閉戶讀書，潛心備考由皇帝主持的制舉考試。

其間哥倆互相探討，反覆切磋，還根據時事熱點自己預測出題，而後交換答卷，互相點評。意見不一致時，常唇槍舌劍，爭論不休，直到一方把另一方徹底說服為止。

一個月後，兩個學霸再次榮登科榜。

元稹第一，白居易第四。

不僅仕途上齊頭並進，兩人還和另一位中唐詩人李紳（「誰知盤中飧，粒粒皆辛苦」的那位）搞了個文學組合，發起了一場「文章合為時而著，歌詩合為事而作」的新樂府運動，針砭時弊，反映民生，在中國詩歌史上留下光輝一頁。

除了一起乘風破浪、相攜成長，他們更能患難與共，在人生陷入低谷時為彼此支持。

元和元年（八〇六年），元稹母親去世。守喪三年沒有收入，生活極其困難。白居易又是給元母寫祭文，又是往元稹家送吃送喝，把好兄弟照顧得妥妥貼貼。

投桃報李。後來白居易母親去世，元稹一樣是義不容辭：「伯母的祭文，我寫！兄弟這三年的生活費，我出！」

母喪期間的白居易貧病交加，很多朋友都消失不見。只有千里之外的元稹，隔三岔五寫信來關心勉勵，又是勸慰老白要心寬想得開，又是叮囑他要好好吃飯、珍重身體：

一病經四年，親朋書信斷。
窮通合易交，自笑知何晚。
元君在荊楚，去日唯雲遠。
彼獨是何人，心如石不轉。

憂我貧病身，書來唯勸勉。
上言少愁苦，下道加餐飯。
——《寄元九》

當時元稹被貶江陵，境況也很慘澹，卻常常擠出俸祿接濟白居易：

憐君為謫吏，窮薄家貧褊。
三寄衣食資，數盈二十萬。
豈是貪衣食？感君心繾綣！
念我口中食，分君身上暖。
——《寄元九》

你看，三年間硬是資助了白居易整整二十萬。

這是什麼概念呢？

他們做京官校書郎時，月薪是萬六七，也就是說，二十萬相當於一個校書郎不吃不喝一整年的工資。

可以說，如此相互扶持，就是手足至親，也未必能做到了。

所以，白居易十分感慨：

不因身病久，不因命多蹇。
平生親友心，豈得知深淺？
——《寄元九》

是啊，不落難，哪能知道誰才是真正的朋友呢？

除了家庭變故時互相扶持，宦海沉浮之際，他們亦是始終心繫彼此。

比如，元稹任監察御史時，因論事切直，彈劾權貴，栽了個大跟頭：在出差回京途中，遭宦官勢力蓄意報復，被打了個頭破血流。

而此事明明錯在宦官，元稹卻含冤被貶江陵。

此事一出，白居易當場氣炸，置得罪宦官和藩鎮的巨大風險於不顧，火急火燎為好哥們寫了篇辯護狀，直接衝到了唐憲宗面前，慷慨激昂地列出元稹不可貶之理由有三：

一、你要是貶了元稹的官，以後滿朝文武就沒人敢為皇帝大人當官執法、懲凶除惡了！

二、你要是貶了元稹的官，以後大家被宦官欺負了也不敢吱聲，奸邪之輩只會越來越跋扈！

三、你要是貶了元稹的官，以後地方藩鎮有什麼異動，也不會有人為大唐挺身而出了！

雖然最終並沒能改變聖命，但對元稹來說，已是情義無價。

說來，二人也真是難兄難弟，白居易後來也因越職諫事被貶江州司馬。當時元稹身在通州，重病纏身，都快交代後事了，結果聽到好友被貶，竟猛然地坐起身來，愣是又給氣活了：

——聞樂天授江州司馬——

殘燈無焰影幢幢，此夕聞君謫九江。
垂死病中驚坐起，暗風吹雨入寒窗。

洪邁《容齋隨筆》評價此詩曰：「嬉笑之怒，甚於裂眥；長歌之哀，過於慟哭。」

此語誠然！

5.

人生漫漫，境遇有別，常常走著走著，關係就淡了，朋友就丟了。

但元稹和白居易不一樣。

在一起時，就日日攜手；天各一方，就以詩傳情。雖然聚少離多，友誼卻從來未減絲毫。

異地為官時，每一次分別，他們都難捨兄弟情。比如元和元年，元稹被貶河南尉，白居易落寞萬分：

相知豈在多，但問同不同。
同心一人去，坐覺長安空。

——《別元九後詠所懷》

你看，元稹走了，對白居易來說，整個長安城都空了。

元和十年（八一五年），元稹被貶通州，白居易又一次大醉：

—**醉後卻寄元九**—

蒲池村裡匆匆別，澧水橋邊兀兀回。
行到城門殘酒醒，萬重離恨一時來。

外地為官的路上，每逢驛站，二人翻身下馬後第一件事，就是四處打轉，尋找彼此的詩，比如白居易貶官江州時：

——藍橋驛見元九詩——

藍橋春雪君歸日，秦嶺秋風我去時。
每到驛亭先下馬，循牆繞柱覓君詩。

嘖嘖，好一個「循牆繞柱」，畫面感簡直呼之欲出，這尋找的哪是元積的詩，分明是對方那顆惺惺相惜的心啊！

元積前往通州的路上，也是一樣，處處留意白居易的詩跡：

——見樂天詩——

通州到日日平西，江館無人虎印泥。
忽向破簷殘漏處，見君詩在柱心題。

境遇慘澹時，他們還多靠讀彼此的詩來獲取慰藉、消解痛苦。例如，往江州路上，白居易逮著元積的詩卷，動不動就讀通宵：

——舟中讀元九詩——

把君詩卷燈前讀，詩盡燈殘天未明。
眼痛滅燈猶暗坐，逆風吹浪打船聲。

元稹也不例外，你讀我的詩，那我乾脆就動筆抄你的詩：

——**閬州開元寺壁題樂天詩**——

憶君無計寫君詩，寫盡千行說向誰。
題在閬州東寺壁，幾時知是見君時？

身處兩地，公事之餘，二人更是花式思友。元稹對老白的惦念，是這樣的：

是夕遠思君，思君瘦如削。
——《三月二十四日宿曾峰館，夜對桐花，寄樂天》

朝朝寧不食，日日願見君。
——《酬樂天赴江州路上見寄三首·其三》

唯有思君治不得，膏銷雪盡意還生。
——《予病瘴，樂天寄通中散、碧腴垂雲膏……因有酬答》

白居易對元稹的惦念，是這樣的：

—憶元九—

渺渺江陵道，相思遠不知。
近來文卷裡，半是憶君詩。

—初與元九別後忽夢見之及寤而書適至兼寄桐花詩……此寄—

曉來夢見君，應是君相憶。
夢中握君手，問君意何如？

萬水千山，也擋不住他們繼續插科打諢：

—夢微之．十二年八月二十日夜—

晨起臨風一惆悵，通川溢水斷相聞。
不知憶我因何事，昨夜三更夢見君。

你看，明明是自己惦念元稹，白居易非要傲嬌地說，你幹嘛又惦念我？害得我半夜三更夢見你。

元稹也不甘示弱：「喲，這話說的，你夢到我了，我可沒夢到你。」

——酬樂天頻夢微之——

山水萬重書斷絕，念君憐我夢相聞。
我今因病魂顛倒，唯夢閒人不夢君。

不僅如此，老白給元稹寫信時，還常字斟句酌，寫了又改，改了又添，一封信能從夜裡鼓搗折騰至天色欲曉：

——禁中夜作，書與元九——

心緒萬端書兩紙，欲封重讀意遲遲。
五聲宮漏初鳴夜，一點窗燈欲滅時。

元稹更誇張，每每收到白居易的詩，往往還沒打開讀就激動到涕淚漣漣：

——得樂天書——

遠信入門先有淚，妻驚女哭問何如。
尋常不省曾如此，應是江州司馬書。

除了詩唱往來，雖身處異地，有什麼好東西，他們也會第一時間想到自己的好哥們。例如，元稹在四川時，白居易怕他熱壞身子，趕忙為其寄去薄衣薄褲：

淺色縠衫輕似霧，紡花紗袴薄於雲。
莫嫌輕薄但知著，猶恐通州熱殺君。

後來不知從哪兒翻找出一張外地竹席，也是二話不說就寄給元稹解暑：

滑如鋪薤葉，冷似臥龍鱗。
清潤宜乘露，鮮華不受塵。
通州炎瘴地，此物最關身。

元稹也一樣。

家裡珍藏的絲綢自己不捨得用，卻寄給白居易做衣服：

湓城萬里隔巴庸，紵薄綈輕共一封。
……
春草綠茸雲色白，想君騎馬好儀容。

哎呀，老白，我想像你穿著絲綢新衣去騎馬的樣子，一定很拉風！

除了關懷當下，白居易還曾籌謀他日退休後與元稹結廬為伴、共同歸隱：

> 況今各流落，身病齒髮衰。
> 不作臥雲計，攜手欲何之？
> 待君女嫁後，及我官滿時。
> 稍無骨肉累，粗有漁樵資。
> 歲晚青山路，白首期同歸。

元稹呢，想得更長遠，連下輩子還要做好哥們，都計畫好了：

> 無身尚擬魂相就，身在那無夢往還。
> 直到他生亦相覓，不能空記樹中環。
>
> ——寄樂天——

兩心相交至此，以至於類似文章開頭的巧合事件，在這段神仙友誼中居然再度上演。

6.

元和十四年（八一九年），春。白居易由江州司馬移官忠州刺史，元稹由通州司馬移官虢州長史。赴任途中，這對已闊別五年未見的老友，竟意外地在夷陵地段於江面重逢。

當時，白居易溯流而上，舟行較緩，而元稹則順江直下，勢如箭飛。即便如此，兩個時時互為牽掛的知己依然憑著對彼此的深切思念與摯友之間的心電感應，在兩船相交而過的瞬間，猛然發現了對方！

驚喜交加之下，他們憑欄高呼、雀躍揮手，一遍一遍吶喊著老友的名字……與此同時，白居易迅速掉轉船頭，追趕元稹的船隻。

這次不期而遇，他們停舟三日，得以暢敘別情：

> 夷陵峽口明月夜，此處逢君是偶然。
> 一別五年方見面，相攜三宿未回船。

此後官場漂泊，多數時間裡他們依然是天涯分散，鴻雁傳書。二人生平中最後一次相聚，是大和三年，在白居易的養老地，洛陽。

遲暮之年，白首再見，二人分外珍惜。

白天一起四處遊逛，晚上則酣談通宵。

這一次，也許是冥冥之中的預感，元稹於洛陽逗留良久，遲遲不捨得離去。相別之際，更傷感難抑，寫下《過東都別樂天二首》，吟罷涕零，執手而去：

君應怪我留連久，我欲與君辭別難。
白頭徒侶漸稀少，明日恐君無此歡。
自識君來三度別，這回白盡老髭鬚。
戀君不去君須會，知得後回相見無？

沒想到，一句「明日恐君無此歡」，竟一語成讖。

大和五年，五十三歲的元稹於武昌任所暴病而亡。

白居易得知消息，肝腸寸斷，恨不能隨其而去：

嗚呼微之！三界之間，誰不生死，四海之內，誰無交朋？然以我爾之身，為終天之別，既往者已矣，未死者如何？……與公緣會，豈是偶然？多生以來，幾離幾合，既有今別，寧無後期？公雖不歸，我應繼往，安有形去而影在，皮亡而毛存者乎？——《祭微之文》

甚至生死相隔八年後，老白依然會在夢中與其攜手同遊，醒來淚如雨下：

——夢微之——

夜來攜手夢同遊，晨起盈巾淚莫收。
漳浦老身三度病，咸陽草樹八回秋。
君埋泉下泥銷骨，我寄人間雪滿頭。
阿衛韓郎相次去，夜台茫昧得知不。

自你走後，我生了三次大病。你的墳墓遠在咸陽，上面草樹雜生，長了有八個年頭了。九泉之下，你的屍骨已化為泥沙，而我暫寄人間，也已蒼顏白髮；你的愛女阿衛和佳婿韓郎亦已先後離世，黃泉茫茫，這些事情，你可知曉？

如此生死不忘之友情，千年之下讀來，依然令人心弦久久為之顫動。

元稹生前曾描述二人的友誼是：

跡由情合，言以心誠。遠定死生之契，期於日月可盟。堅同金石，愛等弟兄。

白居易也一樣，說二人是：

行止通塞，靡所不同，金石膠漆，未足為喻。死生契闊者三十載，歌詩唱和者九百章。

的確，自相識之日起，他們即志同道合，詩唱往和三十多年，互相寫詩近千首，是中國文學史上情誼最篤、交往最長、唱和最多的一對摯交友朋。既前無古人，又後無來者。

誠所謂「人生得友如斯，夫復何求」是也。

羨哉！羨哉！

周公子每期一問

你倆整天這麼心有靈犀，考慮過我的感受嗎？
代班住持人：白行簡
元稹
白居易
這還差不多～
哪裡哪裡，你倆才是親兄弟～
就是就是～
欸！晚上李紳組局，新樂府研討會，別忘了呀～
怎麼可能忘記～
嗚嗚嗚……又把我當空氣了！

彩蛋

知道唐朝如何科考後，我果斷跳下了時光機

1.

俗話說，人生有四大喜：久旱逢甘霖，他鄉遇故知，洞房花燭夜，金榜題名時。這次就來聊聊和這人生第四喜相關的唐朝科舉制，看看古人和今人，到底誰的考試更痛苦。相信我，看完後，你一定會得到深深的安慰。

一提起唐代科考，大家可能會紛紛舉手搶答：我知道，我知道！分明經和進士兩科！

不錯，那麼多唐詩人物志沒白看。不過，我還是要給大家潑上一點冷水：恭喜你，只說對了一部分。

因為嚴格來說，唐代科舉分兩大類：制舉和常舉。

所謂「制舉」，就是由皇帝下詔、以招「非常之才」為目的而不定期舉辦的非

常規考試——考什麼，怎麼考，全看皇帝的用人需求。比如「初唐四傑」中的王勃，十六歲就考中幽素科做了官，這個科目就是制舉考試的一種。

有唐一代，設立過的制舉科目大概不下百種（史書記載「無慮百數」），比較常見的有賢良方正科、博學宏詞科、直言極諫科等。

此外，還有很多花裡胡哨到令人匪夷所思的科目，比如什麼志烈秋霜科、臨難不顧徇節寧邦科（這是在招敢死隊？）、長才廣度沉跡下僚科（名稱這麼不吉利誰會考？）、手筆俊拔超越輩流科（考書法還是考形體？）、哲人奇士逸倫屠釣科（招來陪皇帝侃大山？）……

一個個名稱浮誇到簡直令人難以相信這是朝廷正兒八經的招考科目，只能說當皇帝就是好，科考這麼嚴肅的事兒，也能搞得如此任性。當然，制舉考試畢竟只是人才選拔的一種補充方式。真正的重頭戲，還要看常舉。

所謂常舉，又稱貢舉，就是定期舉行的常規性科目。

唐代常舉每年一次，主要科目有秀才、明經、進士、明法（法律）、明書（書法）、明算（算數）等五十多種科目。其中秀才科等級最高，但因為巨難考，設立不久就廢除了。（不要被「窮酸秀才」這個詞給騙了，那是明清時候。）

其他明法、明書、明算之類，都不咋受待見，所以常科的重中之重就是明經和進士了。也就是之前咱們講詩詞人物志時提到最多的兩科。

那這兩科究竟有啥區別呢？

2.

首先考試難度不同。

所謂「三十老明經，五十少進士」，三十歲中明經已經算高齡考生，而五十歲進士題名卻依然可說是年輕有為。因為明經易考，主要考「帖經」，就是抽取經典古文，遮住關鍵字句，讓考生補充填寫。跟咱們小時候做的填充題一樣，純靠死記硬背。進士難度就大多了。因為，重點考詩賦。

詩、賦都是對韻律有要求的文體，詩要音韻和諧，對仗工整；賦要文辭華美，駢驪頓挫。還要應題而作，臨場發揮。這就要求考生有相當的文學才華以及獨立思考能力。而我們熟悉的唐代詩人，因為個個才華滿格，幾乎都選擇考進士。

唐代的詩賦考試，一般放在第一場。出題範圍十分廣泛，什麼歷史故事、四季節令、描寫風景等都有。有時，甚至是主考官現場即興選題。

比如，有一年考試，主考官看到考場的北邊新栽了一棵小松樹，就對考生們說：「同學們，今天就以這棵松樹為題作詩吧。」

所以這一年的詩賦題目，就叫作《貢院樓北新栽小松樹》。

堂堂國考，竟然隨興到這種程度，放在八股取士的明清時期，那簡直就是天方夜譚。而且，不僅考官隨興，考生隨興起來更誇張。

開元年間，有一名叫祖詠的考生，詩賦考試才開場十五分鐘，他就突然起身，將詩稿往主考官的案前一放，拎著文具袋揚長而去。剛出考場沒兩步，主考官就舉起考卷，扶著門框，大聲呼喊：「嗨！這位同學，你還沒寫完呢！交什麼卷！」

祖詠同學停步，轉身，微微一笑，回答了主考官兩個字：「意盡。」

說完便飄然而去，留下主考官風中凌亂。

主考官為何說他沒寫完呢，因為唐代考詩歌有篇幅要求，必須是五言六韻十二句，可祖詠只寫了區區四句就走人了。

現在，讓我們一起欣賞下這首有唐三百年來最為個性的應試之作：

——**終南望餘雪**——

終南陰嶺秀，積雪浮雲端。
林表明霽色，城中增暮寒。

整首詩詠物寄情，意在言外，且清新明朗，樸實自然，是一首難得的佳作。而且，的確已然「意盡」，多一個字都顯畫蛇添足。

清朝王士禛在《漁洋詩話》裡把這首詩和陶潛的「傾耳無希聲，在目皓已潔」、王維的「灑空深巷靜，積素廣庭閒」等並列，稱為詠雪的「最佳」之作。

在今天，八百字的考試作文你寫兩百五，估計只能得零分。而人家祖詠同學卻因這首詩寫得實在太好，被主考官破例錄取，成為一段有名的科場佳話。

3.

一不小心扯遠了，繼續說回明經和進士的區別。

因為考試難度不同，順理成章，學歷含金量也就不同。如果說明經相當於現在的函授本科（在職專班），那進士指的就是考上號稱頂大的一流學校。

在當時的科考風氣中，存在著一股明顯的鄙視鏈：進士出身的瞧不起明經出身的，甚至還沒考中進士的也瞧不起明經出身的。典型例子就是李賀得罪元稹的故事。

李賀十幾歲時，因受到大文豪韓愈青睞，名揚京洛，據說當時已考中明經的元稹對他也十分仰慕，還曾親自登門拜訪。結果李賀接過名片一看，鼻子裡一聲冷哼：「明經及第，何來謁我！」

意思是，你一個明經出身的人，也有臉來見哥?!——差點沒把元稹同學氣到原地爆炸。這個故事雖真假難辨，但唐人眼裡明經和進士聲望之懸殊卻由此可見一斑。

4.

看到這兒，大家可能想說，唐代的科考還是很美好的嘛。

考題範圍那麼寬鬆，答題「半途而廢」也能金榜題名；雖然明經不受待見，那就一門心思寫詩考進士唄。

呵呵，如果我再告訴你，唐代考場內還能交頭接耳、討論試題（是真的），你是不是羨慕得立馬想要穿越回去了？

別急，講完唐朝科舉的可愛之處，我要開始用洪荒之力黑它了。

唐朝科舉的第一個黑點是：進士錄取率極低。

終唐一代，每年錄取的進士平均不超過二十五人，錄取率僅百分之一、二。所謂物以稀為貴，高中進士在唐朝的尊崇榮耀程度，鮮有其他事項可比擬。

比如，有人登第後曾賦詩曰：

元和天子丙申年，三十三人同得仙。
袍似爛銀文似錦，相將白日上青天。

進士及第的喜悅如同成仙升天，新科進士們的快意之情與世人的追捧豔羨，也就不難想像了。在唐代，整個官僚體系內貌似都有一種神聖的進士情結。

比如一個叫薛元超的宰相，說自己生平有三大恨：一非進士出身，二沒娶到五大望族之女，三沒能修國史。（吾不才，富貴過人，平生有三恨：始不以進士擢第，不娶五姓女，不得修國史。）

更令人難以置信的是，連君臨天下的皇帝（唐宣宗）都對進士題名心嚮往之，不能參加科考，就在禁內自題「鄉貢進士李道龍」過把癮。

然而，這看似風光無限的進士之路，背後卻不知鋪墊了多少落榜考生的血與淚。也因為錄取率極低，唐朝甚至產生了一種專門的詩歌類型，叫「落第詩」，且看一首孟郊同學的：

—**再下第**—

一夕九起嗟，夢短不到家。

兩度長安陌，空將淚見花。

哎，啥也不說了，光看詩名就夠憂傷了。

晚唐詩人溫庭筠的兒子溫憲也是屢試不第，筆下也有類似詩篇：

十口溝隍待一身，半年千里絕音塵。

鬢毛如雪心如死，猶作長安下第人。

詩人顧況的兒子考了三十年——吟詩三十載，成此一名難。寫下名句「憑君莫話封侯事，一將功成萬骨枯」的詩人曹松，一直考到了七十多歲，才因年老被特放及第……

當時很多外地學子，為博得一個進士出身，滯留長安多年不得歸家。飢無食，寒無衣，有的父母死了，只能賣身為奴辦喪事，有的夫妻分別十幾載，相見時幾乎不能相認……

看到這兒，是不是已經瑟瑟發抖，果斷從時空飛船上跳下來了？別著急，還沒完。

5.

唐代科考的第二個大黑點：考試不糊名，且行卷、通榜之風盛行。不糊名，主考官想針對某個考生放水那就太簡單了。

而所謂「行卷」，就是考試前，應考的舉子們把自己的得意之作裝訂成冊，然後奔走於各大王公貴人的門庭下自我推薦。如果得到權貴賞識，向主考官力薦，那就極可能直接內定名次，即為「通榜」。

比如王維、杜牧，都是這一類的幸運兒。但如此種種，對出身平凡、沒有靠山的考生們，就顯得十分不公平。

比如韓愈，因無人舉薦，一連考了四次才中進士。還有李商隱，也是到了第五次，終於得人舉薦方才登科。

晚唐詩人杜荀鶴，同樣是詩名遠播卻屢試不就，只能無奈感慨「空有篇章傳海內，更無親族在朝中」。

接下來，再看唐朝科考的第三個大黑點：限制考生身分。

唐代民眾大概分士、農、工、商四類，其中只有「士」與「農」的子弟允許參加科考（請火速對照一下自己的家庭背景）。

而農家子弟大多貧困潦倒，沒什麼條件讀書，有資格考也白搭。所以歸根結柢，幾乎所有唐代進士都出於官僚階層。

說到這兒，就不得不提一下咱們的老熟人李白同學了。

為啥他的家世永遠是一團謎？為啥他從不在詩文中說起自己的父母兄弟？

答案就是，他家極有可能是經商的（郭沫若甚至推測他家是在長江上做物流生意的）。

這也可以解釋為什麼我們太白兄從不參加科考，才高不屑是一方面，更重要的是沒資格啊！他對家世向來諱莫如深，可能也是怕洩漏了家庭背景，經人舉薦的道路也會走不通吧。

哎，寫到這兒，再次心疼我李大哥（李白：哥愛喝酒，那是有原因的……）。

除以上外，唐朝考進士還是逐級淘汰制，每場定去留。第一場詩賦通不過，後面的帖經和策問直接沒資格考。

——下第——

昨夜孤燈下，闌干泣數行。

辭家從早歲，落第在初場。

你看，晚唐詩人黃滔第一場詩賦就被刷下來，回到旅館，涕淚漣漣：「哎，回家怎麼跟父老鄉親交代啊……」

最後，即使考上進士，還得繼續通過吏部篩選才能任職。

而吏部的面試環節，考官的自由決定權極大，有關係有後台的世家子弟會再次占盡優勢。有才如韓愈，因出身普通，居然三選吏部而不得，中進士後又整整做了十年的布衣百姓……

就問你坑不坑人，顫不顫抖！

6.

好了，看到這兒，是不是發現古代科舉也沒想像得那麼簡單？

尤其唐朝，還處於科舉的初級階段，看似一朝登龍門的進士考試，其實只是上層社會少數人才能玩的遊戲，還遠不是真正的「廣開才路」。

說到底，還是現在的高考制度對我們普羅大眾比較友善：不限出身，不用行卷，考試看總分，錄取率還高！

如今，隨著歷史發展和時代進步，高考雖已不再像古代科舉一樣是人生的唯一出路，卻依然是個人改善命運相對最公平的方式。

所以，年輕人沒事兒，還是應該多讀書。

周公子每期一問

李大哥，你這樣的天才，在唐朝居然連高考都參加不了，簡直沒天理！
就是，還是跟我來 21 世紀吧，妥妥當當的免試保送，大家一定搶你搶破頭！
哼！就算能，我也不希罕。
好呦，走吧！

國家圖書館出版品預行編目資料

每一天追一齣大唐詩人穿越劇：看大唐詩人彎彎繞繞的人生劇場，細讀人人都是男主角的才華較勁 / 周公子著. -- 一版. -- 臺北市：原點出版：大雁文化事業股份有限公司發行, 2023.01
400面；14.8×21公分
ISBN 978-626-7084-63-2（平裝）

1. CST：唐詩　2. CST：詩評

820.9104　111021174

每天追一齣大唐詩人穿越劇：

看大唐詩人彎彎繞繞的人生劇場，細讀人人都是男主角的才華較勁

作者　周公子
內文繪圖　顏同學（內文、封面）、SWIM（章名頁）
封面設計　白日設計
內頁排版　黃雅藍
執行編輯　溫芳蘭
校對　魏秋綢
責任編輯　詹雅蘭

行銷企劃　王綬晨、邱紹溢、蔡佳妘
總編輯　葛雅茜
發行人　蘇拾平
出版　原點出版 Uni-Books
Email　uni-books@andbooks.com.tw
電話：(02) 2718-2001　傳真：(02) 2718-1258
發行　大雁文化事業股份有限公司
台北市松山區復興北路 333 號 11 樓之 4
www.andbooks.com.tw
24 小時傳真服務 (02) 2718-1258
讀者服務信箱 Email: andbooks@andbooks.com.tw
劃撥帳號：19983379
戶名：大雁文化事業股份有限公司

一版一刷　2023 年 1 月
ISBN　978-626-7084-63-2
ISBN　978-626-7084-69-4（EPUB）
定價　450 元

圖書許可發行核准字號：文化部部版臺陸字第 1113034443 號
出版說明：本書係由簡體版圖書以正體字重製發行。作品名稱：《大唐群星閃耀時》作者：周公子。